死亡
死亡
全力回避
フラグちゃん!
ZENRYOKUKAIHI
FLAGCHAN!

「しょっぱい人生だったけど、
最後くらいはカッコつけて死にたいんだ」
死亡フラグちゃん
SHIBOU FLAGCHAN
死神No.269。
突然モブ男の前に現れた、
落ちこぼれ（？）の死神。

モブ男
MOBUO
何の変哲もない男。
ある事情から、やたらと様々な
フラグを立てる。
happy life.

生存フラグ
SEIZON FLAG
天使No.11。
他人への当たりがキツいドSだが、
天使としては一応優秀。
「う、うむ。要するにわしは、
どうしても『優しくなれない』」

恋愛フラグ
RENAI FLAG
天使No.51。
自分が楽しいことを優先してしまう
ちょっぴり困った性格。
神様
KAMISAMA
天界で一番偉いが気さくな性格。
服装センスに難がある。

天界のバー（？）にて
タヒ

CONTENTS

ZENRYOKUKAIHI FLAGCHAN

全力回避フラグちゃん!1

壱日千次
原作：Plott、biki

MF文庫J

口絵・本文イラスト●さとうぽて

プロローグ

⚑死亡フラグが立ったらどうすればいいのか？

——瓦礫で覆われた街。

銃声が響き、弾丸が嵐のように飛び交っている。

壊れた建物の外壁に身を隠し、慣れない手つきで銃を構える若者がいた。

いかにも『モブ』という感じの特徴のない顔。Tシャツとジャージ、スニーカーという、戦場向きではない恰好。

（俺の名は『モブ男』）

故郷からこの戦場に送り出されて一週間。今のところ何とか生きている。

（絶対に死んでたまるか。なぜなら……）

そしてモブ男は、高らかに叫んだ。

「この戦争が終わったら俺……幼なじみのモブ美と、結婚するんだ！」

「立ちました！」

戦場に似つかわしくない、澄んだ声が響く。

驚くモブ男の目の前に……なんと突然、小柄な少女が現れた。

さらさらの黒髪ショートカットの、可愛らしい顔立ち。吸い込まれそうな金色の瞳。

恰好も妙だ。『死亡』と大書されたＴシャツもそうだが……何よりもおかしいのは、ドクロマーク入りの大きな鎌をもっていること。鎌の刃の逆側には、ピコピコハンマーがついている。

モブ男は混乱しつつも、

「ちょ、女の子が戦場にいたら危ないよ！　……っていうか、今とつぜん現れたよね？」

「それくらい当然ですよ。私は死神——死亡フラグですから」

「は??」

全く状況が呑み込めないモブ男に、自称死神は説明する。

「ドラマや映画、小説などで『死亡フラグ』って、聞いたことありますよね。『キャラクターの死が濃厚になる行動』のことです」

「ああ、死への伏線みたいな……」

「そうです。で、私は貴方のような『死亡フラグが立った人』の前に現れる死神です。私が傍にいるかぎり、死から逃れることはできません」

モブ男は首をかしげる。

死亡

「俺、死亡フラグなんか立てた？」

「ええ。ベタ中のベタ『この戦争が終わったら結婚するんだ』っていうのを」

荒唐無稽な話ではあるが……

先ほどの現れ方は普通ではない。しかもここは戦場。死神が現れてもおかしくない。

「つ、つまり俺は死ぬの？」

モブ男は、死亡フラグ――フラグちゃんのTシャツにすがりついた。生地が伸び、『死亡』の字が大きくゆがんだ。

「い、いやだ、まだ死にたくない。どうやったら死亡フラグが消えるのか、教えてくれ！」

「そんなこと教えると思いますか……って、土下座なんてやめてください」

「恋人のモブ美が、俺を待ってるんだ」

（うっ、たしかにこの人が死んだら、恋人は悲しむかも……）

フラグちゃんが怯んだのを察し、モブ男はたたみかける。

「モブ美と人生初Hするまでは死ねないんだ！　とにかくHをしたいんだ！」

「『モブ美を悲しませるわけにはいかないんだ』とか言ってくださいよ！」

モブ男は基本、自分本位だった。

なおも地面に額を押しつけるモブ男。フラグちゃんはそっぽを向いて、

「絶対に教えられません！　『〝生き残りそうなキャラ〟の行動をとれば助かるかも』なん

て」

……

…………

モブ男は目を輝かせ、フラグちゃんの小さな手をとる。

「教えてくれてありがとう！　フラグちゃん」

「ああ思わず、死神なのにまた助けるようなことを……」

フラグちゃんは肩を落とした。

彼女はあまりにも優しすぎる。それは死亡フラグを回収する死神として、致命的なほどの欠点であった。

■生き残りそうなキャラの行動をしてみる

「『生き残りそうなキャラの行動をとる』か。フラグちゃん、なにか案はない？」

「ターゲットを助けるようなこと、私が教えると思います？」

あまり説得力はない。

うーむ、とモブ男は考え……

ジャージのポケットから財布を取り出した。

「これを使えば、助かるかも」

「なぜですか？」

可愛らしく首をかしげるフラグちゃん。前髪につけたドクロの髪飾りが大きく揺れた。

モブ男は得意げに説明する。

「この財布は、恋人――モブ美からの誕生日プレゼントさ。胸ポケットに入れておけば、死を防いでくれそうじゃないか？」

「ああ、たしかに『恋人からの贈り物を胸ポケットに入れる』は、戦場では生き残りのフラグですね。銃弾を受け止めてくれたり」

だろう！　とモブ男はうなずいた。

だが少し不安そうに、

「でも財布で、銃弾防げるかな？」

「可能性はありますよ。財布に入れていた大量の領収書や、コインが弾丸を止めた実例があります」

「安心したよ。ありがとう！」

「えへへ……」

フラグちゃんは嬉しそうに微笑んだ。

だが、すぐにハッとし、己の頭をぽかぽか叩く。

「だからダメなのに助けちゃ……と、ところで」

フラグちゃんは金色の瞳で、モブ男が持つ財布を見つめる。

素材は合成の皮だ。作りが甘く、全体的に安っぽい。

「この財布、もしかして百円ショップで売ってるものでは？」

「そ、そうだけど」

「ええ……？」

フラグちゃんはモブ男を、疑いの目で見上げる。

「彼氏への誕生日プレゼントが百円……!?　モブ美さんって、本当に貴方の恋人なんですか？」

「ひゃ、百円じゃねーし！　百円ショップの中でも、三百円で売られてるヤツらしいし」

「なんですかその、限りなく意味のない見栄」

フラグちゃんは表情を引きつらせて、

「ちなみにモブ男さんは、モブ美さんの誕生日に何を贈ったんですか？」

「そりゃ男として、倍返しの贈り物をしたよ――モブ美が欲しがった、三十万円のバッグ」

「倍は倍でも、千倍返しじゃないですか！」

海老で鯛を釣られるにも程がある。

モブ男は「ははは」と笑った。その目は虚ろだ。

「俺も疑問に思ってたんだ……モブ美は本当に俺の恋人なのかって。デートに誘うLANEしても、返事は九割方『行けたら行く』だし」

「それ、絶対来ないヤツですね……でも残り一割の返事は『ええ、デートに行きましょ』とかですよね?」

「いや『気が向いたら行く』という返事がくる」

「『行けたら行く』と、ほぼ同義！」

モブ男はしょんぼり肩を落とした。

その様にフラグちゃんは胸がしめつけられ、思わずこう口走った。

「だ、大丈夫ですよ！　愛っていろんな形があると思いますし。きっとモブ美さんは、貴方の帰りを待ってますよ」

「……そ、そうだね！　モブ美は俺の恋人だ」

モブ男は財布を見つめ、

「だからこれは『恋人からのプレゼント』で確定。胸ポケットに入れておけば、生き残れるよな」

「あー！」

死神なのに、またもモブ男を死から遠ざけてしまったフラグちゃん。

モブ男は意気揚々と、胸ポケットに財布を入れようとしたが……

「あ、そもそも俺、Tシャツだから胸ポケットがない」

「なんだったんですか、今までのくだり」

げんなりするフラグちゃん。

モブ男は空を見上げた。日没が近づき、銃声や爆音も散発的になっている。

「今日の戦闘はそろそろ終わりみたいだ。宿営地へ戻って、別の『生き残りそうなキャラの行動』をしよう」

■戦友に手紙を託される

モブ男は街の外の平原にある、宿営地へ向かった。

鉄条網でぐるりと囲まれており、大きな幕舎（兵士のためのテント張りの居住スペース）がいくつも設置されている。

自分の幕舎へ入る。中は広く、兵士たちが談笑や、武器の手入れなどをしていた。

モブ男は戦友に挨拶したあと、フラグちゃんに話しかける。

「誰もフラグちゃんに反応しないね。なんでだろ」

「私は死亡フラグが立ってる人——つまりモブ男さんにしか見えないんです。見えるようにすることも、できますけどね」

「ふぅん。ところで、そもそも俺に死んで欲しいのなら、フラグちゃんが手を下せばいいんじゃないの？」

「死神が直接命を奪うのは禁止されています……ところで、宿営地でやる『生き残りそうなキャラ』の行動ってなんですか？」

よく聞いてくれたと、モブ男は得意げにうなずき、

「『手紙を託される』だ」

「？」

「よく戦争映画であるだろう。『俺が死んだら、この手紙を故郷の家族に届けてくれ』というのが」

「ああ確かに……何かを託されるのは『生き残りそうなキャラの行動』ですね」

モブ男はドヤ顔で、幕舎の中を見回した。

「いま手紙を書いてるやつも、ちらほらいる。ともに死線をくぐってきた戦友だし、俺に託してくれるはずさ」

「むむむ、これはマズいかも……」

フラグちゃんは不安げに、大鎌をぎゅっと握る。

モブ男は意気揚々と、手紙を書いている男に近づいた。モブ男より五つほど年上で、精悍な顔立ち。何度か肩を並べて戦ったことがある。

「やあ戦友！　それ家族あてか？」

「ん？　ああ、俺の子供にな」

「戦死した時に備えて、俺に託してみない？」

「え、嫌だけど……つうかお前誰だっけ」

モブ男は固まった。

フラグちゃんは小さな手を、口元に当ててニヤニヤする。

「戦友と思っていたのは、モブ男さんだけだったみたいですね」

「い、今のは、たまたまさ——遺書を託してもらうよう、営業をかけ続けるよ」

「聞いたことない種類の営業」

だがモブ男の営業は、ことごとく失敗に終わった。

理由は『中身読みそう』『そもそもお前は誰』『手紙を渡す際、妻を卑猥な目で見そう』などなど……

「……ちくしょー！」

モブ男はうずくまり、床を叩いた。

フラグちゃんには有利な展開だが、さすがに可哀想になってくる。

「どれだけ人望が無いんですか、モブ男さん……」

「別にいいじゃないか！　わざわざ手紙を届けてやるんだから、少しは奥さんを卑猥な目で見ても！」

「皆さんの眼力は正しかったですね」

フラグちゃんは鎌を磨きはじめた。

続いてモブ男は、派手な顔立ちのイケメンに頼み込んだ。土下座や泣き落とし、糧食の献上、靴舐めなどを駆使し、ついに……

「やった！　ついに遺書を託されることに成功したぞ」

「託される過程、戦友というより奴隷でしたが……よ、良かったですね」

モブ男をねぎらってしまうフラグちゃん。それほどイケメンの態度は尊大だったのだ。

「ところでその遺書、どこの誰に届けるんですか？」

「どうせあの糞イケメンの彼女だ。ビッチに違いない」

戦友感ゼロのことを言いながら、宛名部分を見て……

「え、えええ――――!?」

目をこれ以上なく見ひらくモブ男。

フラグちゃんも宛名を見ると、そこには……

モブ美(み)

「これって、モブ男さんの恋人⁉　き、きっと同名の方ですよ」

「『モブ美』なんて投げやりな名前、他にいないよ！」

投げやりな名前の男が言う。

モブ男は血走った目で手紙を見つめ、

「お、俺は……戦争から帰還したら、迎えてくれた恋人に、浮気相手の遺書を届けるのか？」

「斬新な修羅場ですね……」

そしてモブ男は……

手紙を、破り捨ててしまった。

「あ、せっかくの、生存に繋(つな)がるアイテムが！」

フラグちゃんが叫んだとき。

ウウウウウウウウウウウウウウ……!!

耳をつんざくサイレン。

「この警報——敵襲か⁉」

モブ男たちは、銃を持って幕舎を出た。フラグちゃんもついてくる。

すでに夜なのに、爆発の明かりで眩しいほどだ。やはり基地が襲撃されているらしい。

戦車が体当たりで鉄条網をなぎたおし、そこから沢山の敵兵が入ってくる。対して味方はマシンガンや、対戦車ロケットで激しく応戦していた。

モブ男は深呼吸し……

フラグちゃんの小さな身体を後ろ手にかばい、銃を構えた。

「フラグちゃん、早く逃げろ」

「え？」

「モブ美は、俺の恋人じゃなかったみたいだ……帰っても、待ってる人なんていない。しょっぱい人生だったけど、最後くらいはカッコつけて死にたいんだ」

「……！」

接近してきた数人の敵兵が、銃口を向けてくる。

モブ男へ向けて、銃弾が放たれた——

そのときフラグちゃんが、モブ男の前にまわりこんだ。

「馬鹿、やめろフラグちゃん、フラグちゃん！」

焦るモブ男の目の前で……

フラグちゃんが大鎌を何度も振った。

「っ!?」

モブ男は後ろに一メートルほども吹っ飛ばされ、尻餅をついた。撃たれたのではなく、フラグちゃんが大鎌を振った衝撃波によるものだ。

なんと一瞬で、全ての弾丸を弾いたらしい。可憐な見た目とは裏腹の、とんでもない動きだった。

フラグちゃんは乱れた黒髪を直しながら、大鎌を肩に担ぎ、

「私は銃弾程度じゃ死にません。死神なので」

「なんだよ言ってくれよ！　かばって損した！」

いまいち締まらないモブ男に、フラグちゃんは苦笑した。

徐々に、宿営地が静かになっていく。敵兵の撃退に成功したらしい。

「どうやら、モブ男さんの死亡フラグは消えたようですね。また失敗しちゃった……」

フラグちゃんの姿が、だんだん薄くなっていく。

そのさまを、モブ男は呆然と見つめた。

彼女について、わからないことは多い。だが死神の使命に反してまで、自分の命を救ってくれたのは確かだ。

「フラグちゃん、ありがとう！」

「またお会いしましょう、モブ男さん」

フラグちゃんは照れ笑いしながら、小さな手を振り……消えてしまった。

(『またお会いしましょう』って。俺また、死亡フラグが立つってこと?)

そう。

これからモブ男は、何度も人生を繰り返し、数え切れないほどの死亡フラグを立てていくのだが……

そんな事を、彼が知る由もなく。

いつもどおりに、ちょっとクズなことを考えていた。

(よーし生き残った! モブ美の浮気の証拠を掴んだし、帰ったらこれを利用してパワーバランス変えてやる!)

一方、フラグちゃんは……

モブ男の『ありがとう』という言葉を思い出し、温かな気持ちになっていた。

——だが。

(い、いけません)

頭を振る。

モブ男は、死亡フラグを回収すべき相手。それができなかったのに、悔しがるどころか喜ぶだなんて。

(私はなんのために、この『仮想世界』へ入ったと思ってるんですか)

　フラグちゃんは改めて、その理由を思い出す。

■天界

　フラグちゃんがモブ男と出会う、少しだけ前のお話……

　地上の遥か上空にある、天界。

　ここにそびえ建つ宮殿では、沢山の『死神』や『天使』が、毎日せっせと働いていた。

　今も宮殿の一角で、黒いローブ姿の死神が、人間界へ出動しようとしている。

「人間番号ＦＢ－５６９８１２　名前　山田公一
『こんな殺人鬼がいる所にいられるか』と宿の自室に閉じこもり、死亡フラグを立てました。命の回収に行ってきます」

　そして死神は、転送装置に飛び込む。

　別の場所では、白く大きな翼を持つ天使も出動準備をしていた。

「人間番号ＺＷ－１８５２３４　名前　鬼塚冥

必殺技を喰らった際、敵が『やったか!?』と言い、生存フラグが立ちました。直ちに救命に向かいます」

死神は『死亡フラグ』が立った人の命を回収し、天使は『生存フラグ』が立った人の命を救う。

他にも様々なフラグを司る者がいる。たとえば『恋愛フラグ』が立った人同士を、カップルにする天使もいるのだ。

誰もが、スムーズに仕事をこなしていた。

だがここに一人、落ちこぼれの死神がいた。

死神№269――フラグちゃんである。死神と天使には名前がなく、ナンバーで呼ばれている。

いまのフラグちゃんは『死亡』と書かれたTシャツではなく、他の死神と同様に黒いローブを着ていた。

さきほど転送装置で人間界から帰還したが、表情は暗い。死亡フラグが立った人間の命を奪えなかったのだ。

同僚の死神たちが、聞こえよがしに笑う。

「また№２６９、人間を助けちゃったの？」

「馬鹿だよね。人間に命乞いされても、無視すりゃいいのにさ」

「まだ一回も死亡フラグを回収したことないらしいよ。ダメ死神にも程があるよね」

それらの言葉が、フラグちゃんの胸に突き刺さる。

優しい彼女は死亡フラグを回収するどころか、助けてばかり。

それゆえ天界では落ちこぼれ扱いされ、皆から笑われていた。

そんな彼女へ、若草色の髪の美女が近づいてきた。死神№13という、トップクラスに優秀な死神である。

ひんやりした赤い瞳でフラグちゃんを見下ろし、

「№２６９、今日の仕事はもういいです。『神様』がお呼びですので、すぐに向かってください」

「！」

神様。

天使や死神を創造した、天界の最高指導者だ。

（なぜそんな御方に、直々に呼び出されるんでしょう？　もしかして……）

聞き耳を立てていた同僚の死神たちが、嬉しそうに、

「ひょっとしたら、消滅させられるんじゃない？」

「かもね。No.２６９がいなくなっても、誰も困らないっしょ」

　フラグちゃんは恐怖と、いたたまれない気持ちで一杯になった。駆け出す。目には涙が浮かんでいた。

⚑

　フラグちゃんは宮殿の最上階へとやってきた。

　見上げるほどの巨大な扉。この向こうの謁見の間に、神様はいる。

「失礼、します……」

　小さな身体で大扉を押し、入った。

　中は、サッカーができそうなほど広かった。床や壁は大理石で、沢山のステンドグラスから光が入ってきている。

　部屋の奥は階段状になっていて、その一番上に玉座があった。

　そこに。

　神様が、悠然と足を組んで座っていた。

「よく来たね。No.２６９」

　痩身で長髪の、中年男性だ。古代ギリシャ人のような貫頭衣を着ており、頭には茨の冠。

反射的に跪くフラグちゃんに、神様は感情の読めない声で、

「死神№269。なぜ呼び出されたかわかっているかい？」

「は、はい。私が落ちこぼれだから……」

同僚の言った通り、消滅させられるのだろうか。

顔面蒼白になり、かちかちと歯を鳴らしていると──

「ん？　何の話？」

神様を見上げれば、怒るどころか、人なつっこい笑みを浮かべている。

「僕がデザインした『死神専用コスチューム』がついに完成したんだ。それを見てほしかっただけさ」

神様が階段を駆け下りて、フラグちゃんの眼前にTシャツを突き出した。黒地で、胸に大きく『死亡』と書かれている。

「カッコイイと思わない？」

(思わないです)

フラグちゃんは即断した。

だが正直には言いづらいので、話をそらした。

「わたし以外の死神や天使には、そのTシャツについて意見をお聞きしましたか？」

「うん。でも皆に猛バッシングされちゃった。『ダサい』だの『センスを疑う』だの『ロ

が臭い』だの……」

（最後のは、Tシャツへのバッシングではない気が……）

神様の天界カーストでの立ち位置を知り、フラグちゃんは切ない気持ちになった。

「№２６９の意見も聞きたいなーって、思ったのよ」

（そ、そうだったんだ）

神様は涙目で『優しくしてオーラ』を出しまくっている。捨てられた子犬のようだ。

そんな弱ったおじさんに追い打ちをかけられるなら、フラグちゃんはもっと『優秀な』死神になっているだろう。

「そ、そのTシャツ、いいと思います。シルエットが素敵なところや、しっかりした縫製が！」

「おお№２６９、嬉しいよ！」

デザインに一切言及しなかった事に、神様は気付いていない。

笑顔で、フラグちゃんの周りを飛び跳ねながら、

「では是非、着てくれたまえ」

「えっ」

絶句するフラグちゃん。

「気に入ってくれたんだろう？　君が率先して着ることで、他の死神たちにも流行らせて

ほしいんだ」

（も、もう断れない）

　フラグちゃんはTシャツを受け取り、太い柱の陰へ行って着替えた。

　もじもじしながら神様の前へ。

「い、いかがでしょう？」

「おお、さっきまで着ていたローブよりずっと似合うね！　君の親しみやすさや、可愛さが際立つよ」

「え？　えへへ」

　フラグちゃんは口元をほころばせ、その場で回った。Tシャツの裾がふわっと舞い上がる。

（あ……私、久しぶりに笑いました）

　仕事の悩みから、最近は塞ぎ込んでばかりいた。こんなにリラックスできたのは何時ぶりだろう。

　神様は無精髭を撫でながら、スッと話題を変えた。

「ところで№２６９。今ずいぶん悩んでいるようだね？」

（……！　神様の本題はこれだったんだ。でも長い前置きで、心を解きほぐして下さったんだ）

尊敬の念を覚えたフラグちゃんは、素直に悩みを吐露する。

「死神なのに、どうしても人の命が奪えなくて」

「それはマズいね。『死亡フラグ』をちゃんと回収するのが、死神の仕事だもんね」

「はい……」

「そんなNo.269のために、あるものを用意したよ」

神様はフラグちゃんを、謁見の間の外へ連れ出した。

廊下の奥まで進むと、妙な扉があった。表面には無数の歯車がついていて、絶え間なく動いているのだ。

「No.269、開けてごらん」

フラグちゃんが言われたとおりにすると、扉の向こうにあったのは……

宮殿の部屋でなく、全く別の場所だった。

荒廃した都市だ。爆撃でもあったのか、多くの建物が壊れて瓦礫だらけ。それを遮蔽物にして、人間同士が銃撃戦を繰り広げている。

どうやら戦争中らしい。

「神様、ここは一体……」

「君のために作った修行場さ。そして」

神様が指さした先では、見るからにモブ顔の男が、慣れない手つきで銃に弾を込めている。

「彼の名前は『モブ男』。キミの練習台さ」

「練習台……!?」

「この世界では様々なシチュエーションで、『モブ男』が何度も死亡フラグを立てる——あんな風に」

「この戦争が終わったら俺……幼なじみのモブ美と、結婚するんだ！」

「あ、本当に立てました」

「うん。あの死亡フラグを、これから君は回収してくるんだ」

神様は、娘の成長を祈る父親のように言う。

「君が死神として上手くいってないのは、経験が足りていないだけ。だからこれから『モブ男』を練習台に何度も修行すればいい。いずれ立派な死神になれるさ」

「神様……！」

フラグちゃんは胸を打たれた。

天界の最高指導者が、落ちこぼれの自分のため、こんな大がかりな装置をわざわざ用意してくれたのだ。

その期待に、応(こた)えたい。

「はい！　私、絶対に成功させてきます！」

フラグちゃんは張り切って仮想世界へ踏み出し、モブ男(お)のもとへ。

神様は笑顔で手を振り、見送った。

そして、数時間後。

仮想世界へ通じる扉の前。神様がだらしなく寝転がり、YouTube(ユーチューブ)を見ながら待っていると……

扉が開き、フラグちゃんが戻ってきた。

申し訳なさそうに肩を落として、

「……失敗です。死亡フラグを回収できませんでした」

「あらら。そんな難しくしたつもりは、なかったんだが。戦場だから、死亡フラグ立ちまくりだろうし」

「もう一歩でモブ男さんの命を奪うことが出来たんですが……私をかばったりするから、思わず助けてしまって」

「か、かばった？」

それは、神様にとって想定外だった。

（妙だな。『モブ男』はあくまで練習台。No.２６９が気兼ねなく命を奪えるよう、できる限りクズな性格にしたのだが）

「私、無理かもしれません。モブ男さんの命を奪うのは……」

「どうして？」

「だ、だって、モブ男さん、心の底から『ありがとう』って言ってくれたし、それに……」

口元に手を当て、もじもじと頬を染めるフラグちゃん。

これはもしや……

「まさか『モブ男』を、異性として意識してしまったかい？」

「い……いやいやいや、何を仰いますか！　相手はプログラム。ただの練習台ですよ！」

怪しい、と神様は思いながらも、フラグちゃんを励ます。

「まあいいさ。修行は始まったばかり。これから何度も仮想世界に入って、頑張ればいいんだ」

「はい！　私、いつか必ず、立派な死神になってみせます」

（――うん、君には期待しているよ。No.２６９）

神様がフラグちゃんを気にかけるのには、彼女に明かしていない理由があった。

死神には、やや機械的に死亡フラグを回収する者が多い。死にゆく人間に寄り添うことも、死者を悼むこともない。フラグちゃんを笑っていた同僚たちが、その一例である。

それでいいのだろうか、と神様は疑問に思っていた。

そんな時に見つけたのが、フラグちゃんだ。優しすぎるが故に、死亡フラグを回収できない死神。

そんな彼女なら、うまく成長すれば今までにない『優しい死神』になれるのではないか。

そのために仮想世界を作ったのである。

（頑張るんだよ、№２６９）

神様はナメられているが、人材の活用にどこまでも真摯な指導者であった。

（№２６９がカリスマ死神になれば、僕の考えた『死亡』Ｔシャツも天界で大流行だろうし。ふふふ）

……多少、邪な感情もなくはないが。

一話　フラグちゃん、アドバイスを受ける

天界。

仮想世界へ通じる扉から出てきたフラグちゃんは、重い溜息をついた。

「はぁ、また命を奪えなかったです」

修行を始めて数日が経過している。その間、モブ男はいくつもの仮想世界で『台風のとき海を見に行く』、『無計画な登山をする』、『名探偵と宿に泊まる』など様々な死亡フラグを立てたが、フラグちゃんは一度もそれを回収できていない。

モブ男が時折いいところを見せたり、土下座されたりすると思わず助けてしまうのだ。

（このままでは立派な死神になるなんて、夢のまた夢です）

「やあ、死神№２６９」

穏やかに声をかけたのは、神様である。

今日の恰好は、どぎつい原色のアロハシャツ。ロン毛と相まって、売れないおじさんバンドのメンバーに見えなくもない。

「修行は順調かな？　……って、元気がないね」

「申し訳ありません。せっかく神様が仮想世界を作ってくれたのに、いまだにモブ男さんの命、一度も奪えてないんです」

「それは困ったね。なるべくベタな死亡フラグにしてるのだが」

仮想世界の舞台や状況は、神様が設定しているのだ。

「『名探偵と宿に泊まる』なんて、高確率で殺されるフラグだけど」

「はい。犯人がモブ男さんを殺そうとしたところ、私が助けてしまい——犯人はモブ男さんの１１０番で捕まりました」

「名探偵、いる意味がないね……」

コ○ン君ですら未経験のケースだろう。

フラグちゃんは大鎌をぎゅっと握り、己の不甲斐なさをかみしめる。

「修行を重ねるにつれて、どんどん空回りしてしまって。どうすれば命を回収できるか、わからなくなって」

神様は無精髭を撫でながら、考える。

（№２６９には、立派で優しい死神に成長して欲しい）

だがいくら優しいとはいえ、毎回助けられても困るのだ。死神の仕事は、あくまで命の回収なのだから。

ならば……

「誰かに相談してみたらどうかな？　例えば——あの死神№13とか」

神様は、宮殿の一角を指さした。

そこには黒いローブを着た、若草色の髪の美女。知的な風貌で、背筋がピンと伸びている。

周りの死神が羨望の眼差しを向けていた。

「きゃー、かっこいいー！」「№13さん素敵！」

トップクラスに優秀といわれる死神である。フラグちゃんは憧れの眼差しを向けて、

「№13さん、すごい人気ですね」

「うん。彼女なら、私と違った角度からアドバイスをくれるかも」

神様は駆けていき、死神№13に明るく声をかけた。

「ちょっといいかな」

「なんですか神様、またあのダサいTシャツを着てほしいという話ですか？　これ以上続けると『ハラスメントするキモ上司』という死亡フラグを立てますよ」

「いや今日は別の要件なんだ。……あれ、いま僕を殺そうとした？」

神様は戦慄しつつ、フラグちゃんを№13の前に押し出す。

「ぜひ、№２６９の悩みを聞いてあげて欲しいんだ」

No.13は、フラグちゃんの『死亡』Tシャツをじろじろ見つめ……

憐れむように、

「神様から罰を受けているのですか？　そんなクソダサTシャツを着させられるなんて」

「い、いいえ、それはっ」

神様の手前、ダサいという意見に同調できない。

そんなフラグちゃんの苦悩も知らず、神様は助け船を出すつもりで、

「自分の意志で着ているんだよ。『シルエットが素敵！』とか大絶賛してくれたしね」

「そ、そうなのですか……」

No.13は困惑する。

そして、フラグちゃんに生暖かい笑顔を向けて、

「ごめんなさい」

（すごくセンスを疑われてる！）

愕然とするフラグちゃん。

No.13は、仕切りなおすように尋ねる。

「それで死神No.269。あなたの『悩み相談』とは？」

フラグちゃんは説明した。

死亡フラグが立った命を、一度も回収できていないこと。

なので神様に仮想空間を用意してもらい、そこで数日間練習しているが、うまくいっていないこと。

「わたし、どうすればいいんでしょうか」

№13は苦い顔で、

「私は誰かを指導するのが苦手なのです。他を当たって下さい」

ローブを靡かせ、そっけなく身をひるがえす。

フラグちゃんはその前方に回り込み……

土下座した。

「お願いします！　私、立派な死神になりたいんです！」

床に額をこすりつける姿に、№13――そして神様も驚愕した。

「し、死神№269。やめたまえ」

「いえ。私は修行を重ねてモブ男さんから学びました。土下座と泣き落としをすれば、結構なんとかなると」

「修行の趣旨と違う!?」

神様は嘆いた。

№13は根負けしたように、額に手を当てて嘆息。

「わかりました。私のできる範囲で、お手伝いさせていただきます」

「ありがとうございます！」

さらに深々と土下座するフラグちゃん。やり慣れているモブ男の悪影響か、実に美しい姿勢である。

「それではNo.269。『仮想世界』とやらでの、修行の様子を見せてください」

フラグちゃんは神様、No.13とともに、仮想世界へ通じる扉の前へ。

神様は空中にディスプレイとキーボードを出し、操作をはじめた。仮想世界の設定をしているのだ。

「今回は特に、難易度を低く……モブ男を死亡フラグが次々と襲うように設定してみた。頑張って回収するんだよ。僕達もディスプレイを通して視ているからね」

「はい、いってきます！」

フラグちゃんは、かつてない気合いとともに扉をあけた。

■ゾンビが大量発生したらどうなるのか？

公園を、モブ男は一人で歩いていた。

金属バットを持ち、こわばった表情で周りを警戒している。

いま世界にはゾンビが大量発生しており、外を歩くだけで命がけなのだ。全く油断できない——

がさがさっ

近くの茂みが揺れた。モブ男は恐怖に身をすくめながらも、バットをかまえる。

(く、来るなら来やがれゾンビども)

そう虚勢を張るも、茂みから出てきたのは……

猫。

モブ男の全身から力が抜けた。

「なんだ猫か……」


「立ちましたぁ!!」


フラグちゃんが『死亡』と書かれた手旗を振って現れた。

「やあフラグちゃん。君が出てきたってことは、俺、なにか死亡フラグを立てた?」

「ゾンビもので『なんだ猫か』は死亡フラグですよ! ……よし、早速きましたっ」

茂みから十体以上のゾンビが飛び出してきた。酔っ払いのようにおぼつかない足取りだが、なかなか素早い。

モブ男は慌てて駆け出す。

「うわっ！　なんかフラグちゃん、今回張り切ってない!?」

（そりゃそうですよ。神様だけでなく、No.13さんも視てるんですから……今回こそ、モブ男さんの死亡フラグを回収しないと！）

公園から飛び出したモブ男は、道路脇に車が停まっているのを発見。

背後から迫るゾンビを警戒しながら、車内を覗き込む。フラグちゃんが運転席を指さして、

「ほらほらモブ男さん、キーが刺さってま――」

聞き終える前にモブ男はダッシュ。フラグちゃんは慌てて併走する。ドクロの髪飾りがついた黒髪が激しく揺れる。

「モブ男さん、車に乗らないんですか!?」

「どうせエンジンかからないか、後部座席にゾンビが隠れてるんだろ。ゾンビもので車に乗るのは死亡フラグだ」

「むむむ……ほら、そこにフェンスがありますよ。越えれば安全圏っぽいですよ」

「それも死亡フラグ。フェンスを越える際、ゾンビに足を掴まれるのはお約束だからね」

「あそこにカプ〇ン製のヘリが」

「墜落するから乗らない！」

モブ男は死亡フラグを次々と回避していく。フラグちゃんは焦った。

🏴

二人はショッピングモールに到着した。入口にはベニヤ板などでバリケードが作られ、ゾンビの侵入を防いでいるようだ。

「みんな、ここに身を寄せ合ってるんだ」

「まあベタですが、食料も資材もありますしね」

モブ男は見張りに声をかけて、通してもらう。例によって、モブ男以外の人からフラグちゃんは見えていない。

中では人々が何らかの作業をしたり、生気なく座ったりしていた。

モブ男は、フラグちゃんに嫌みっぽく笑いかけ、

「ここなら安全だ。死亡フラグも立たないだろう」

「そうかもしれませんね。ところで、モブ男さんは夢ってありますか？」

「唐突だね。そうだな――俺以外の男を全部ゾンビにし、この世界まるごとハーレム

に……」

だらしない顔でゲスな夢を語るモブ男だが、ハッとして、

「って、あっぶな！　また死亡フラグを立てようとしただろ！」

「な、なんのことですか？」

フラグちゃんは目をそらして、鳴らない口笛を吹く。

ゾンビもので『将来の夢を語る』は死亡フラグだ。語ったあと高確率で死ぬ。

（また失敗してしまいました……こ、こうなれば最後の手段です）

フラグちゃんは、少しためらった後――

モブ男の腕にすがりついた。

意外とたくましい事にドキドキしつつ、精一杯に色っぽい声を出そうとする。

「ね、ねぇっ、モブ男しゃんっ」

声が裏返った。だがめげずに、誘惑を続ける。

ぎこちないウインクをして、

「物陰に二人で行って……い、いい事しませんかっ！」

しかし……

モブ男の顔は、これ以上なく冷めていた。

「君、『グループから離れてイチャつく男女』という、死亡フラグを立てさせようとして

るな？」

「なっ！」

フラグちゃんは耳まで真っ赤になった。全力の色仕掛けが全(まった)く通用しなかったのは、かなり恥ずかしい。

「図星みたいだね」

やれやれ、とモブ男(お)は鼻で笑い、

「もっと色っぽい女性ならクリティカルヒットだけどね。フラグちゃんじゃ何をされてもノーダメさ」

「本当にノーダメか試してみますか？」

大鎌を振り回すフラグちゃんから、モブ男は逃げまわる。

すると。

作業の手伝いをしていた子供たちが、モブ男に冷え切った視線を向けた。

「なにアイツ、一人でキモい夢語ったり、走り回ったりしてるんだ……？」「しっ。あんなクズほっとけよ」

フラグちゃんは眉をひそめた。

「クズ呼ばわりなんて酷(ひど)い。礼儀がなってないですね」

「まあ仕方ないよ。ここで見つけた大量の缶詰を、一人で全部むさぼり食ったからね」

「子供たちが正しかったです！」

その時。

ショッピングモールの入り口の方から、轟音が聞こえてきた。

人々が悲鳴をあげ、建物の奥へ逃げていく。それを追うようにゾンビ達が殺到してくる。

「バリケードが破壊されたんだ」

モブ男は皆に倣って逃げようとした。

しかし。

さっきモブ男をディスった子が転んでしまった。大人たちは無視して逃げていく。このままでは食い殺されるだろう。

モブ男は見捨てようとしたが……回れ右をして突進。ゾンビにバットで殴りかかった。

子供を守るつもりのようだ。

「ここは俺に任せて先にいけ！」

この流れに、フラグちゃんは喜んだ。

「やりました。ゾンビもので、クズがとつぜん改心するのは死亡フラグ！　ついに回収できま――」

モブ男はゾンビに四方八方から掴みかかられ、押し倒された。

今にも食われようとする彼を見たとき、

（……!!）

フラグちゃんの身体は勝手に動いた。

モブ男にまとわりつくゾンビ達を、大鎌で次々に切り伏せる。

半泣きのモブ男が礼を言ってくるが、まったく耳に入らなかった。

（神様と、No.13さんが視ているのに……！）

また、同じ過ちを繰り返してしまった。冷や汗が止まらない。


モブ男と別れたフラグちゃんは……何度かためらってから、天界へ通じる扉をあける。

そこには、No.13が腕組みして待ちかまえていた。すさまじい威圧感だ。隣に立つ神様が「お手柔らかにね？」と小声でなだめている。

「No.269」

「は、はいっ！」

上官を前にした兵士のように、フラグちゃんは気をつけする。

「なぜ貴方は『モブ男』を助けたのですか？　アレはただの練習台――プログラムに過ぎ

ないのですよ?」

「モ、モブ男さん、子供を守るため頑張ったから……」

No.13は、深い深い溜息をついた。

冷え切った、失望の眼差しを向けてくる。

「結論から言います。あなたは根本的に、死神に向いていません」

「えっ……」

「いいですか。死神の役目は余計な事を考えず、粛々と命を回収することです」

神様は何か言いたげな顔をしたが、言葉を飲み込んだ。

「なのにプログラムにすら感情移入し、情けをかけるなど論外。技術ならまだしも、性格を変えることは私にはできません」

(No.13さんからも、見放されちゃった……!)

打ちのめされ、うつむくフラグちゃん。

神様は無精髭を撫でながら、

(僕は、優しいNo.269が、今までにない死神になる可能性を感じているが……)

これでは同じ事の繰り返しだ。死神として成長させるには、起爆剤が必要かもしれない。

神様はNo.13のローブの袖を引き、小声で尋ねた。

「なにかいい方法はないかい?」

「難しいですね。№２６９はあまりにも優しすぎ、それが成長を妨げている。ただ……」

「ただ？」

№13は理知的な瞳を、虚空に向けて、

「№２６９に『優しさを上まわる感情』が芽生えれば、殻を破れるかも。たとえば『同僚を見返す』とか『死神の中で一番の成績をあげてやる』など」

（ふむ、面白い着眼点だが、そういうガツガツしたのは№２６９にそぐわない気がするね。ならば――）

神様は以前の、フラグちゃんとの会話を思い出した。

『まさか〝モブ男〟を、異性として意識してしまったかね？』

『い……いやいやいやいやいや、何を仰いますか！　相手はプログラム。ただの練習台ですよ！』

（№２６９は、否定していたけれど）

その顔は、恋する乙女のそれだった。

恋心を『優しさを上まわる感情』として、成長の起爆剤にできれば……

考え込む神様に、№13が尋ねる。

「どうなされました、神様？」

「面白いこと、考えついちゃった☆」

おじさんが舌を出してウインクしたので、№13はイラッとした。

⚑

翌日。

仮想世界への扉の前に、フラグちゃんは立っていた。昨日№13に怒られたためか、少し気落ちしているようだ。

神様が穏やかに語りかける。

「これから特訓かな？」

「はい」

「そうか。今回の仮想世界は、昨日の『ゾンビものの世界』をベースにし、君のやる気が出るように調整してみた」

不思議そうに首をかしげるフラグちゃんに、神様は「見ればわかるよ」とイタズラ小僧のように笑う。

フラグちゃんが扉をあけると、そこは……

（墓場？）

墓石がたくさん並ぶ場所の一角に、モブ男——そして隣に、見知らぬ女性。そばかす顔で、胸はやたらと大きい。

「神様、モブ男さんの隣にいる人は、どなたでしょう」

「『モブ美』。モブ男のガールフレンドさ」

「えっ、あの人が」

「そうだよ……おやおやモブ男くん、ずいぶんとデレデレしているねえ」

確かにモブ男は、緩みきった顔でモブ美の巨乳をガン見している。

フラグちゃんの頭に血が上った。

（わ、私が『二人きりになりましょ』って色仕掛けしたときは、ものすごく淡泊だったのに……！）

彼女自身、なぜこんなに怒りをおぼえるのかわからない。

「神様、今回は必ず、モブ男さんの命を奪ってみせます！」

「う、うん、頑張って……」

モブ男たちのもとへ向かうフラグちゃん。

その殺気のにじむ背中を見て、神様は表情をひきつらせた。

「びっくりした。『優しさを上まわる感情』を刺激してみたら、予想以上の反応だ……さて、№２６９は殻を破れるかな？」

■墓場でイチャつくとどうなるのか？

モブ男は夜の墓場で、モブ美と肩を寄せ合っていた。

「ちょっとぉモブ男。こんな薄暗いとこに連れてきて、どうするつもり？」

モブ美が甘ったるい声で尋ねてくる。

色っぽい流し目、起伏に満ちた肢体（したい）、全てがモブ男の劣情を刺激する。彼の鼻の下は伸びまくり、涎（よだれ）すら垂れている。

「君が誘ったんじゃないかハニー。わざわざこんな人気（ひとけ）のないところに来て、やることは一つだろ」

モブ男は、手をモブ美の腰に回した。

「イヤよエッチ。くすぐったいわ」

「フヒヒ、デュフフフフ」

モブ男は初H（エッチ）への期待感に、キモく笑いながらも……

心の奥底で警戒していた。

(今の状況。まさにゾンビものの死亡フラグ『グループから離れてイチャつくカップル』なのでは……)

「立ってますよ?」


案の定、フラグちゃんが現れた。

「や、やっぱり立ってたんだ、フラグちゃん……」

「はい。それはもう、バッキバキに」

フラグちゃんは笑顔だが、目だけが異様に怖い。全く瞬きをしていない。

「何この子」

モブ美が、フラグちゃんを胡散くさそうに見つめる。

なぜかフラグちゃんは今回、モブ男以外の人間にも見えるようにしているようだ。

「ちょっと、あんた誰なの?」

「モブ男さんのが立ったら、処理してあげる関係です」

(フラグちゃん!?)

誤解を招きまくる言い方をされ、モブ男は顔面蒼白になる。

彼の胸ぐらを、モブ美が掴んだ。目は怒りで血走っている。ゾンビを遥かに超える威圧感である。

「どういう事かしらぁ、モブ男……？」

「ご、誤解だよ」

「何が誤解よ。勃ったら処理してもらうんでしょ⁉」

「たぶん漢字が違うよ！」

　ふたりの修羅場を、なぜかフラグちゃんはニコニコ見つめている。

（フ、フラグちゃん。俺とモブ美の仲を邪魔してる……なんで⁉）

　モブ美はモブ男を突き放し、肩をいからせて歩いて行く。

「白けちゃったわ。私もう帰る！」

「ちょ、ちょっと待ってよハニー！　続きをしようよ」

　追いかけるモブ男の耳元で、フラグちゃんはささやく。

「続きって何をするつもりですか？　ひょっとして……『男女の淫らな行為』を、するつもりじゃないですよね？」

「するつもりだよ」

「正直！　……でも、ここで淫らな行為をしたら、法律違反になりますよ」

　フラグちゃんは指を一本立てて、

「刑法188条・礼拝所不敬罪――墓所などの礼拝所で、公然と不敬な行為をした時に問われる罪です。つまり日本ではこの死亡フラグを立てること自体が、犯罪です」

「こんなゾンビだらけの世界で、刑法もクソもないだろ」

「うっ」

正論にフラグちゃんは怯んだ。確かに『この世界』では、警察などの組織は崩壊しているだろう。

モブ男は疑いの目で、フラグちゃんを見下ろす。

「なんか今日の君、おかしいね」

「そ、それは……あ、モブ美さんがピンチです！」

あからさまに話をそらしたフラグちゃん。

だが確かに、モブ美がゾンビに囲まれている。モブ男はバットをふりまわし、ゾンビ達の包囲をくずした。

「モブ美、俺にかまわず逃げろ！」

「すでに逃げてますよ」

フラグちゃんの言うとおり、モブ美は脇目も振らず逃げていた。

「そんなガキに処理してもらう男なんて、願い下げよ！」

「モブ美ー!!」

公然と不敬な行為ができなくなったモブ男は、絶望の叫びをあげた。

その後なんとか、モブ男はゾンビから逃げきった。

「ちっ。死亡フラグを回避したようですね」

やさぐれ気味に地面を蹴るフラグちゃんに、モブ男は言う。

「今回、君ちょっと変じゃない？」

「変って？」

「わざわざ修羅場になるような事を言って、俺とモブ美との仲を裂こうとしたりさ——」

そしてモブ男は、大胆に踏み込んだ。

「もしかしてモブ美に、ヤキモチ焼いたの？」

「は、はああ!?　そんなわけないじゃないですか！」

図星をつかれ、フラグちゃんの心は一瞬で沸騰した。目は泳ぎまくり、手を無意味にバタバタ動かす。

「だって今日フラグちゃん、キャラが違うし……」

「だからなんですか。モブ男さんみたいな駄目男に、興味なんてないですっ。ただ本当に時々ですが、かっこいいとこも見せますけど！」

「あ、ありがとう」

「第一モブ美さんみたいな、一人で先に逃げちゃうような人のどこがいいんですか？　やはりデカ胸ですか？」

フラグちゃんは、悲しげに胸元を見下ろして、

「どーせ私はまな板ですよ。悪かったですねっ。モブ男さんは胸ばっかり見てるから、人を見る目がないんです！」

流れるように言い終え、息を荒げていると……

ふとフラグちゃんは我に返った。

（私の発言——ヤキモチ焼いてること、丸わかりじゃないですか！　……モブ男さんにどう思われたでしょうか）

恐れ、そして少しの期待を込めて、モブ男を見上げる。

……そこにあったのは。

ニチャアアア、という粘ついた音がしそうな、実に汚い笑顔であった。

「そうか。フラグちゃん、俺のことが好きだったのかぁ」

「はぁ!?」

「モテる男は辛い。でもごめんよ。俺はまな板には全く興味がないんだ。モブ美のように、メロンみたいなのが……」

好かれていると思い、調子に乗ってマウントを取りまくる非モテに。

フラグちゃんは、無言で大鎌を振り上げた。

「脅しは通じないよ。死神が直接手を下すのはダメなんだろ？　って、え――」

墓場に、モブ男の断末魔が響きわたった。

■天界

フラグちゃんが仮想世界から帰還すると、神様が笑顔で迎えてくれた。わざわざ待っていてくれたらしい。

「お疲れ様、№２６９。どうだった？」

「モブ男さんの命を、はじめて奪いました」

「おお、やったじゃないか！　……けどそれにしては、うかない顔だね」

「じ、自分で、手を下してしまったんです」

神様の顔が強ばる。

「それはいけないね。死神が自ら手を下すのはルール違反。絶対にやってはいけないことだ」

「すみません……」

「……けどね。モブ男の命を奪えたってことは、今までできなかったことだ。死神として少し殻を破れたってことだよ」

フォローしつつ、神様は考える。

（No.13の指摘どおり、『優しさを上まわる感情』――つまり恋心を刺激してみると、今までとは違う結果が出たねぇ）

ずっと同じ結果で停滞するよりマシだ。これからも時々こんな風に、状況に変化をつけてみるとしよう。

（そうだ『変化』といえば……）

No.269を『あの子』と組み合わせてみたらどうだろうか。

神様の脳裏に、青い髪の天使が浮かぶ。

ある問題を抱えているが、優しいフラグちゃんと仮想世界で修行させれば、よい影響を受けるかも知れない。

（それに、死神と天使は真逆の仕事。競わせることで、それぞれの成長に繋がるだろう……）

そんな思考にふける、その一方で。

「神様、ありがとうございます」

フラグちゃんは、神様への尊敬の念を新たにしていた。

この御方は、自分のような落ちこぼれも決して見捨てず、成長の機会を与えてくださる。

「私、神様のもとで働けて幸せです！」

「ははは、嬉しいよ……そういえば君のために、また服を作ったんだ」

神様は畳んであった黒いコートを、自慢げに拡げて、

「ほら、背中にでかでかと『生涯死神』と書かれてるんだ。かっこいいだろう？」

「……」

フラグちゃんは、おじいちゃんにダサい服を贈られた孫のような気持ちになった。

二話　生存フラグ

天界。

これから修行に向かうフラグちゃんは、いつものように小さな両こぶしを握り、気合いを入れる。

「今日こそ、モブ男(お)さんの死亡フラグを回収します」

そして、仮想世界へ通じる扉へ入っていく。

その姿を、怪訝(けげん)な顔で見つめる美女がいた。

「あやつは、落ちこぼれで有名な死神№２６９……何をやっているんじゃ？」

碧玉(サファイア)のような青い瞳、ウェーブがかかったロングヘア。背中には白く大きな翼。

起伏に満ちた肢体(したい)は、大人の色気にあふれている。

服を着ておらず包帯を巻いてあるだけなのが、余計に艶(なま)めかしい。くびれた腰と両手首には金環(きんかん)をつけている。

彼女は天使№11。

その役割は『生存フラグ』――生存フラグが立った人間を生き残らせるのが仕事だ。

（まあ、どうでもよい。さっさと面倒な用を済ませねばな）

そして№11――生存フラグが到着したのは、神様がいる謁見の間だ。呼び出しを受けたのである。

大きな扉をあけると……

神様がだらしなく床に寝っ転がり、ポテチを食べながら動画を見ていた。

「あれ、もう君との約束の時間かい？　……がふぅっ!?」

生存フラグは無言で、神様の頭部を踏みつけた。

茨の冠のところを集中的にグリグリするあたりに、ドSぶりが現れている。

「おい、うすのろ。わしを呼び出しておきながら、どういうつもりじゃ」

「面白いチャンネルを見つけたから、つい……」

「もういい。さっさと要件を言わぬか」

最高指導者を踏みしめたまま、趣味である折り紙をはじめる。

神様もこういう扱いに慣れているので、説明を開始した。

「残念ながら、天使№11……君に『天使なのに対応が悪すぎる』ってクレームが多いんだよね」

「何を言っておる？　わしの直近の成績は生存50、死亡0。天使としてトップクラスじゃぞ」

「でも生存者の九割以上が病院送りじゃない。キミのドSが原因で」

生存フラグの、折り鶴を作る手が止まった。

「確かにキミは優秀な天使だけど、それだけでは不十分。もっと『優しさ』が必要だと思うよ」

むっつりと押し黙る生存フラグ。思い当たる節があるようだ。

その隙に神様は足の下から這い出て、生存フラグを謁見の間から連れ出す。そして廊下の奥まで進む。

そこには扉があった。無数の歯車が、表面で絶え間なく動いている。

「ここは、№269が入っていった……」

「見ていたのかい。ここで彼女は『修行』をしている」

神様は、無精髭を撫でながら説明をはじめる。

この扉の向こうは、神様が創った仮想世界が広がっている。そこでは、『モブ男』という練習台が様々なシチュエーションでフラグを立てていること。

そのフラグを回収することで、死神や天使の修行につながることを。

「今の『モブ男』のシチュエーションは『病気』にしてある……せっかくのトレーニングシステムだし、天使№11も修行してみたらどうかな?」

「なぜ優秀なわしが、そんな事をせねばならん。たわけが！」

生存フラグは、神様の尻にタイキックした。

「……じゃが、沢山クレームが来ているのも事実。それは真摯に受け止めねばならぬ。やろう」

「あっさり了承するなら、なんでタイキックしたの？」

もっともな疑問を、生存フラグはスルーし、

「ただNo.２６９は、天界はじまって以来の出来損ない……共に修行など、わしのプライドが許さん」

「No.２６９は出来損ないじゃないよ」

神様は毅然と言った。タイキックの痛みで尻を押さえているため、あまり締まらないが。

「それどころか成長すれば、今までにない死神になれると思う。なにより君は――No.２６９と一緒に修行すれば『優しさ』を学べると思うよ」

（優しさを学べる？）

不快だが、その言葉には興味を惹かれた。

「No.２６９は、今この中で修行中だ。君も行ってみたらどうかな？　天使として成長するために」

「……まあ、ものは試しじゃ」

生存フラグは扉に手をかけた。

神様は『ファイト』と書かれた小旗を振りながら、

「行ってらっしゃい。二人の化学反応を、期待しているよ」

⚑ガンになったらどうなるのか？

病院の個室。

モブ男(お)がベッドに、力なく横たわっている。身体(からだ)は痩せ細り、腕には点滴の管(くだ)が繋(つな)がれている。

鎮痛剤(モルヒネ)の副作用で、しばらく眠っていたが……

目をあけると、フラグちゃんがベッド脇にいるのを見つけた。

「やあフラグちゃん。お見舞いにきてくれたの？　寝てて気付かなくてごめんね」

「残念ながら、お見舞いではありません。死亡フラグが立ったからです」

「そっか……でも君に看取(みと)ってもらえるなら、それでもいいかな」

フラグちゃんの金色(こんじき)の瞳に、じわっと涙が浮かぶ。

「まだ若いのに、末期ガンだなんて」

「ああ。若いと進行が早いらしく、全身に転移してるらしい。はは……まいったね」

（モブ男さんは、練習用のプログラムに過ぎないけど……）

　いま苦しんでいることは事実だ。

　フラグちゃんの胸はしめつけられ、モブ男の手を握る。骨ばっていて、ひどく冷たかった。

「モブ男さん、私が言うのも変ですが、希望を持って下さい。助かる方法はきっとあるはずです」

「たしかに今日、俺はガンの摘出手術を受ける。でも成功率は恐ろしく低いそうなんだ」

「ど、どれくらいですか」

「たったの——1％らしい」


「立ったぞ？」


　白い翼をはためかせ、生存フラグが現れた。

　突然あらわれた包帯姿の美女に、モブ男は驚く。

「へ？　あなたは一体!?」

「わしは生存フラグじゃ……物語の登場人物が、普通なら命を落とすような場面でも、なんだかんだで生き残るときに立つのが『生存フラグ』」

　生存フラグは椅子に座り、腕組みした。たわわな胸が揺れるさまは、死にかけのモブ男ですらガン見するほど色っぽい。

「『成功率が極端に低い手術』は、なんだかんだで成功する生存フラグじゃ。だからキサマの前に、わしが現れた」

「な、なるほど……知ってる？　フラグちゃん」

　フラグちゃんは緊張気味にうなずき、

「もちろんです。同じ天界で働く仲間ですから」

「仲間、といっても、死神とは真逆の仕事だよね？」

「ええ――つまり、ライバルの関係なんです！」

　生存フラグは鼻で笑い、手をひらひら振った。

「はっ。落ちこぼれのキサマがライバル？　実力の差を見せつけて、わしがこの男の命を助けてやる」

「負けませんよ！　必ずモブ男さんの死亡フラグを回収してみせます」

「さっき俺に『希望を持って下さい』とか言ってなかった？」

　モブ男の真っ当な疑問を、フラグちゃんはスルーした。

「生存フラグさん、いくら優秀な貴方が現れたとはいえ、モブ男さんはもう助かりません！　なにしろ日頃の行いが最悪なクズ。今の苦境は天罰が下ったようなもの」

政治家顔負けのポジショントークにも、生存フラグは一切動じない。

「確かにこやつはクズじゃ」

「でしょう」

「さっきからキサマの扁平な胸ではなく、わしの胸ばかり見ておるからな」

「モブ男さん、やっぱり巨乳が好きなんですかっ」

矛先がとつぜん向けられ、モブ男は焦る。

「むむ、胸なんか見てないし！　見てたのは外の木だし」

たしかに窓の近くに、立派な楓の木があった。冬のせいか葉は一枚しかついていない。

「あの葉が全て落ちるころには、俺も死ぬんだろうな」

「立ちました！」

フラグちゃんは窓をあけ、小さな身体を目一杯伸ばして、大鎌で葉のついた枝を揺らす。

「ちょ!?　フラグちゃんなにしてるの!?」

「『あの葉が全て落ちる頃には……』は有名な死亡フラグです。私みずから葉を落とし、フラグを回収します」

フラグちゃんは一分ほども枝を揺らし、そろそろいいだろうと止めた時……

枝には逆に、青々とした葉が沢山ついていた。

「え、どうしてですか!?」

「それらは、わしが折り紙で作った葉じゃ」

生存フラグが木の傍で飛びながら、つまらなそうに言う。

「超高速でくっつけたというわけですか。さすがです」

「当然じゃ。落ちこぼれのキサマとは実力が……」

「でも、折り紙とってもお上手なんですね！　今度教えていただけませんか?」

(……そ、そんなことを言われたのは初めてじゃ)

生存フラグは、フラグちゃんの笑顔に毒気を抜かれる。

照れくさいので、折り紙を折るふりをして目をそらした。

■手術が成功しそうな医者を連れてくる

フラグちゃんは、生存フラグと再び病室でにらみ合った。

「さっきは遅れをとりましたが、モブ男さんの命はもはや風前の灯火。私の勝利は揺るぎません」

「繰り返すけど君『希望を持って下さい』って言ってなかった?」

モブ男の疑問は、またしても聞き入れられなかった。

生存フラグは「はん」と笑い、

「そんなもの、すぐにわしがひっくり返してやる……モブ男の執刀(しっとう)をするのは、コイツじゃ」

病室に怪しい男が入ってきた。全身黒ずくめの服装で、顔の真ん中には大きな傷跡。

フラグちゃんは警戒感を強める。

「この人、もしかして……」

「そう——闇医者じゃ」

生存フラグは得意げに笑う。

「『闇医者は凄腕(すごうで)』と相場が決まっておる。これこそ手術成功への生存フラグじゃ」

「おお、すごい！」

大いに期待するモブ男だが……

とつぜん病室に警官が飛び込んできて、闇医者の腕をひねりあげる。

「ええっ」「なんじゃと」

モブ男だけでなく、生存フラグも驚いた。

フラグちゃんが「ふふふ」と笑った。小さな手には、モブ男のスマホが握られている。

「通報させていただきました。闇医者は、医師法17条に違反する行為ですから」

「ほう。落ちこぼれのクセにやるではないか……じゃがな」

生存フラグは警官と間合いを詰め……

顎(あご)の先を蹴りで打ち抜いた。警官は気絶し、糸が切れた操り人形のように崩れ落ちる。

手錠で後ろ手に拘束し、猿ぐつわをして、布袋(ぬのぶくろ)をかぶせ、トイレの個室に放り込む。犯罪者顔負けの手際である。

「これで邪魔者はいなくなったな。手術開始じゃ」

「パワープレイ！　ううっ。またしても、モブ男(お)さんの死亡フラグを回収できないのですか……」

「だからフラグちゃん。『希望を持って下さい』ってなんだったの？」

ベッドごと手術室へ運ばれながら、モブ男はつっこんだ。

⚑

闇医者の腕は確かで、生存率1％の手術は無事成功。身体(からだ)のあちこちに転移したガンも、綺麗(きれい)さっぱり摘出(てきしゅつ)された。

「私の負けですね……」

肩を落とすフラグちゃんだが、どこかホッとしているようでもある。

それを横目に、モブ男は生存フラグに笑顔を向けた。

「生存フラグさん、なんとお礼をいっていいか」

「……」

「ありがとう、本当にありがとう！」

「……〰〰〰〰」

うつむく生存フラグの顔は、前髪でよく見えない。だが耳が赤くなっている。

（照れてるのかな？　可愛いとこあるな）

ほっこりするモブ男に、

「……ほれ」

生存フラグは、紙を突き出した。

「これは――『請求書』？　金額は、いち、じゅう、ひゃく、せん……」

目を剥く。

「五千万円!?」

「闇医者は高いと相場が決まっておろうが」

「こんなお金、無理ですよ！」

生存フラグは、鼻で笑った。

「はん。臓器を売り飛ばせばなんとかなろう」

「ガン摘出したばっかりなのに、臓器も摘出するんですか!?」

連続の摘出はさすがにきつい。

生存フラグは、碧玉のような瞳をモブ男の全身に向けて、

「考えてみればキサマの臓器は、転移と手術で傷だらけ……諦めるしかないな」

安堵の息を吐くモブ男に、

「臓器は諦めるが、これから両の眼球をとって返済の足しにする。アメリカの闇市場では十二万円ほどで売れるらしいしのう」

「冗談でしょ!?」

そして生存フラグは。

一瞬で、モブ男の両目をふさぐように包帯を巻いた。

「く、暗い。何も見えない！　マジで眼球とったの？　返して――！」

（フン）

生存フラグはそっぽを向いて、天界へ通じる扉へ向かった。

⚑天界

生存フラグは天界へ戻ると……壁に手をついて、溜息をつく。仮想世界での自信満々さが嘘のように、しょんぼりしている。

(また助けた相手を、無駄に虐めてしまった)

良くないことだと自覚しているが、いつも繰り返してしまう。

脳裏に、神の言葉が蘇る。


『№２６９と一緒に修行すれば『優しさ』を学べると思うよ』


(本当はわしだって優しくなりたいんじゃ。じゃが、口と身体が勝手に動いて……)

今回の修行で、生存フラグを回収することはできた。

だがいつものようにドS行為をしてしまった。これでは修行の意味がない。

力なく、しゃがみこむ生存フラグ。

そのとき扉が再び開き、フラグちゃんが出てきた。生存フラグは慌てて立ち上がり、胸を張り、自信満々な感じを装う。

フラグちゃんが、とてとてと駈け寄ってきた。

「№11さん。さっきはびっくりしました。あの仮想世界で修行するのは、私だけだと思っていたので」

「ただの気まぐれじゃ」

「やはり噂通り優秀ですね。完敗です」

生存フラグは「ふん」と腕組みし、

「キサマはまだまだじゃな。『死神のくせに優しすぎる』とか言われておるようじゃが」

「『優しすぎる』ですか。たしかに私、ダメダメですね……」

　フラグちゃんは苦笑して頬をかき、

「でも——今回もですけど、あの仮想世界でモブ男さんが生き残るたび『良かった』って思ってしまうんです」

（馬鹿か。あいつはプログラムにすぎんのじゃぞ）

　心中で毒づいたものの……

№２６９の優しさが眩しい。神が言っていたとおり、自分にはないものだ。

生存フラグは思わず、フラグちゃんの細い両肩をつかんだ。すがるように尋ねる。

「どうやったらキサマのように『優しく』なれるんじゃ？」

「え？」

「いままで見てきた死神は皆、死亡フラグが立った相手にいっさい同情せず、命を回収していた。なぜキサマは人間に情けをかける？」

「なぜって言われても……身体が勝手に動くとしか」

「勝手に……か」

生存フラグは笑った。さっきまでのように小馬鹿にするものではなく、自嘲の笑みだ。

「わしも身体が勝手に動く。じゃがキサマとは正反対に、意地悪なことをしてしまう」

「確かに、さっきもモブ男さんに『眼球をよこせ』とか脅してましたね……なぜ、あんなことを？」

フラグちゃんの雰囲気と穏やかな声は、心をほぐしていく。

だからなのか、生存フラグは率直な気持ちを吐き出す。プライドが高い彼女には、とても珍しいことだ。

「……わしは助けた人間に、いちいち感謝されるのが嫌いなんじゃ」

「どうしてですか？」

「わしは天使じゃ。『人の命を守る』のが当然の仕事。それなのに仕事をしただけで崇拝される。そういうのがウンザリなんじゃ」

「だからさっきみたいに、感謝されないように行動してしまうんですか？」

「うむ。要するにわしは、どうしても『優しくなれない』」

迷子の子供のように、力なくうつむく。

「ダ、ダメな天使なんじゃ……」

そこまで言って、生存フラグはハッとした。

（わしは一体なにを。ほぼ初対面のヤツに、誰にも話せなかった悩みをベラベラと）

№２６９の、ほんわかした雰囲気に絆（ほだ）されたのか。急に恥ずかしくなってきた。

笑われるだろうか。言いふらされるだろうか。

怯（おび）えていると……いきなり生存フラグの手を、フラグちゃんの温かな両手が包み込んできた。

「⁉」

「生存フラグさんって、すごく優しいのでは？」

「は、はぁ？　なぜそうなる」

「だって『人を助けるのが当然』と考えること自体が、とても優しいことですよ」

それに、とフラグちゃんは悪戯（いたずら）っぽく笑い、

「仮想世界から出る際、モブ男（お）さんの病室に、こっそり折り鶴を置いてましたし」

「み、見とったのか⁉」

実は生存フラグは、完成した折り鶴を、今まで病院送りにした人の病室にこっそり届けていた。

「あっ、耳まで赤くなってる。可愛（かわい）いです」

「キ、キサマ」

「あはは、ごめんなさい……№11さんは人に感謝されるのが嫌というより、優しくするの

が照れくさいだけなんだと思います」

照れくさい――確かにそうかもしれない。生存フラグはプライドの高さゆえ、素直になれないことが多かった。

フラグちゃんは、金色の瞳を輝かせて、

「少し素直になれば、生存フラグさんの優しさは皆に伝わると思いますよ。そのためにも、これからも私と一緒に、仮想世界で修行しましょう」

「……！」

生存フラグは、もう一度、神様の言葉を思い出す。

『№２６９と一緒に修行すれば『優しさ』を学べると思うよ』

（たしかに――落ちこぼれと言われるコイツじゃが、わしには無いものを持っておる）

あのヒゲの思惑通りになるのはシャクだが……一緒にいれば、『優しくなれる』かもしれない。

となれば、善は急げ。

さっそく優しくする練習をしてみようか。

（そういえば……）

この前読んだ『できる！　円滑なコミュニケーション』という本に、こうあった。

『人をけなすよりも、優しく褒めることが大事』

『コミュニケーションの基本は、笑顔です』

なので。

生存フラグはフラグちゃんをじろじろ見つめた。顔は可愛らしいが、いきなり容姿を褒めるのはハードルが高い。

（褒める箇所、褒める箇所）

「キサマ、そのTシャツはなんじゃ？」

「あ、神様から頂いたものです」

道理でダサい訳である。胸に『死亡』というセンスが最悪だ。

だが……

（ほんわかしたコイツには、不思議と似合っておる）

ここを褒めよう。服が似合っていると言われたら、女性なら嬉しいはずだ。

「そ、そんなクソダサTシャツ——キサマにしか着こなせんな！」

続いてコミュニケーションの基本・笑顔を浮かべた。だが慣れない事をしているので、非常に強ばったものになった。

ハタから見ると、あざ笑っているようにしか見えない。

「胸が微塵もないから『死亡』の文字が歪むこともないしな。よかったのぅ！」

「……う、うわぁああ、生存フラグさんのばかー！」

フラグちゃんは泣いて駆け去っていった。

「な、なぜじゃ？　笑顔で褒めたのに、悲しませてしまった……」

おろおろする生存フラグ。彼女には褒めるセンスが絶望的に無かった。

優しさが皆に伝わるのは、とうぶん先になりそうだ。

――そんな二人を、神様は柱の陰から見守っていた。

（驚いたなぁ。いつも一人でいる№11が、あんなに悩みを吐露するなんて）

№269の、人徳かもしれない。

№11に相談できる相手ができたことは喜ばしいし……なにより、№269の影響を受けて、優しくなろうとし始めた。

それに二人は天使と死神。修行をする上でライバル関係になるから、相乗効果で成長が期待できるだろう。組み合わせたのは正解だった。

（ふふふ、ぼく有能！）

神様は調子に乗りながら、新たなアイデアを思いつく。

（そうだ――『天使№51』も、№269と修行させてみたらどうかな？　あの子も、少し優しさが足りないからね）

№51の役割は恋愛フラグ。男女をくっつけるのが仕事だが、仕事よりも、自分の楽しさを優先してしまう欠点がある。

（よし、№51が興味を示すよう、ラブコメ的な世界もつくっておこう）

神様はディスプレイとキーボードを空中に表示させ、仮想世界の調整をはじめた。

三話　恋愛フラグ

天界の宮殿の廊下を、桃色ボブカットの少女が歩いていた。紅玉(ルビー)のように紅(あか)い瞳は好奇心で輝いている。

彼女は天使№51。

役割(ロール)は『恋愛フラグ』である。人間に立った恋愛フラグを回収するのが仕事だ。51というナンバーは『コイ』の語呂合わせかもしれない。

「これかな？」

廊下奥にある、扉の前で足を止めた。表面でたくさんの歯車が回っている。

さきほど恋愛フラグは神様に呼び出され、この扉を開けてみるよう言われたのだ。

「中に何があるのかな？　楽しみ！」

彼女がいちばん嫌いなのは『退屈』。ゆえに常に楽しいことを捜している。

扉をあける。

そこは部屋ではなく……人間界の市街地だった。交差点を、人々が行き交(か)っている。

（この扉は、転送装置なのかな？）

そう思ったとき。

信号無視をしたトラックが、交差点へ突っ込んできた。十歳くらいの女の子が、へたりこんでいる。

「うおおおお！」

モブ顔の男がダッシュして、少女を突いて道路脇へ逃(のが)した。

『車から子供を助ける』は、典型的な死亡フラグ。

案の定、トラックはそのままモブ顔の男へ突っ込んでいく。

「――ああもう！」

黒髪の少女が体当たりして、男を助けた。

（たしかあの子、死神No.２６９……死亡フラグが立った人間を助けちゃうの？　そんな死神、はじめて見た）

どうやら落ちこぼれという噂(うわさ)は、本当らしい。

モブ顔の男が起き上がり、No.２６９に礼を言う。

「あ、ありがとうフラグちゃん」

「いえモブ男(お)さん……女の子を助けるなんて、見直しました」

頰(ほお)をかすかに染めて、もじもじと、

「カッコよかったですよ」

「だってあの子、すごく可愛かったからね。将来すごい美人になるから、今のうちに恩を……いてて、なんで叩くの？」

『モブ男』の頭を、ピコピコハンマーで叩く№２６９。どうやらヤキモチを焼いているようだ。

――その姿を見て、恋愛フラグは笑みを浮かべた。可憐な容貌に似合わぬ、嗜虐的なものだ。

（いいオモチャ、見つけちゃったかも）


「また、モブ男さんの命を助けちゃった……」

フラグちゃんは落ちこみつつ、扉を通って宮殿に戻る。

そこへ恋愛フラグが明るく話しかけた。

「久しぶりだね！　死神№２６９」

「あなたは確か……天使№51さん」

「ねえねえ、さっきチラッと見ちゃったんだけど、あの転送装置の向こうの人間界で――」

（きょ、距離が近いです）

額がくっつきそうな程だ。フラグちゃんは陽キャラの圧にたじろぎつつも、説明する。

「いえ、あそこは人間界でなく、フラグを回収する修行のための仮想世界です。神様に作って頂きました」

「え、作り物なの!?」

驚いた。神は天界の面々からは軽んじられているが、その肩書きは伊達ではないということか。

でも……

作り物というなら、ますます面白い。だって。

「君、あの『モブ男』っていうのに、恋してるでしょ？」

「……！」

瞬間沸騰したように、顔が赤くなる。

突き出した両の掌を、車のワイパーのように左右に振って、

「へ、変なこと言わないで下さい！　モブ男さんはただの練習用プログラムですよ！」

必死に否定するが、本心はバレバレだ。

恋愛フラグはにんまりする。

（プログラムに、№２６９は心を奪われちゃったのね……まさに禁断の恋！　いい退屈し

死亡

のぎになる！）

人差し指を、フラグちゃんに突きつけて、

「嘘！　恋愛フラグであるボクの目は欺けない。その顔に『恋してる』ってバッチリ書いてあるよ」

「うう、そんなことは……」

タジタジになるフラグちゃん。

──そんな二人の様子を、柱の陰から見つめる天使がいた。

No.11……生存フラグだ。

先日、フラグちゃんに、

『折り紙とってもお上手なんですね！　今度教えていただけませんか？』

などと言われたので、誘いに来たのである。

だがNo.51が話しかけたので、タイミングを失っていた。

（No.２６９のヤツ困っておるな。面倒じゃが、助け船を出してやるか）

そう決意し、生存フラグは近づいていく。

あたかも、二人にいま気付いたような小芝居をして、

「なにやら騒がしいのう……おぉこれは、二流の天使№51ではないか」

「あ、№11。二流なんてひっど〜い！　別に生存フラグであることが、偉いわけじゃないよ」

「同じ天使でも役割(ロール)が違えば、格も違う。わざわざ人間の懸想(けそう)の世話を焼くなんて、わしには到底できぬ所業じゃ」

いきなりエンジン全開で、毒を吐く生存フラグだが……

内心、激しく落ちこんでいた。

（いかん……なぜわしは、息をするように酷(ひど)いことを口走ってしまうのじゃ）

「ま、まあまあ、二人とも落ち着いて」

逆に、フラグちゃんから助け船を出される始末。生存フラグは更にガックリきた。

恋愛フラグは勢いづいて、フラグちゃんの背後に回って両肩をつかみ、

「そうだよ。ボクは困ってる友達――№２６９の力になってあげたいだけなの！　キミと違ってね」

「№２６９が困っておるじゃと？」

生存フラグは考える。フラグちゃんの悩みといえば……

「確かにこやつは、天界始まって以来といわれる、最底辺の落ちこぼれじゃが……」

フラグちゃんが「はうっ」と涙目になった。

恋愛フラグが首を横に振って、

「そこじゃないよ――№269は、いま恋をしているの」

「ちょっとおおおお!?　だから違いますって！」

フラグちゃんの叫びを、恋愛フラグはスルーする。

「ボクは恋愛のスペシャリストだから、彼女の恋を成就させる手伝いができる」

「ほう。№269がいったい誰に恋しとるんじゃ？」


「『モブ男』」


生存フラグは唖然とし、フラグちゃんを見つめた。

「しょ、正気か？　あれは練習用プログラムじゃぞ」

ぶんぶん首を横に振るフラグちゃん。

その耳元で、恋愛フラグはささやく。

「さっきから頑なに認めないけど、本当に違うの？　本当にキミは、モブ男くんに恋してないの？」

フラグちゃんは、うつむいて……

二十秒ほども経ってから、吹っ切るように、

「はい、違います！」

（ふーん……）

否定するなら、ますます面白い。かき回し甲斐があるというものだ。

恋愛フラグは無邪気な笑顔を作り、

「じゃあボクも、モブ男くんで修行してもいいかな？」

「し、修行って？」

「ボクは恋愛フラグだよ？　モブ男くんの恋愛を成就させるに決まってるじゃん。よ～し。とびっきりの美少女とくっつけちゃおっと」

フラグちゃんの目が激しく泳ぐ。自分でも、なぜ焦っているのかわからないようだ。

（あぁ……！　禁断の恋に揺れ動いてる。たまらない！）

恋愛フラグはゾクゾクしながら、仮想世界への扉をあける。

「ボクの修行だから、ついてこないでね～」

口ではそう言うも、フラグちゃんがついてくることを確信している。

（これからモブ男くんに沢山イタズラして、№２６９の気持ちに火をつけちゃおっと）

ご機嫌に鼻歌をうたいながら、仮想世界へ入っていった。

⚑転校してきた美少女と付き合うにはどうすればいいのか？

通学路を、学生服姿のモブ男が食パンをくわえながら駆けていた。

この仮想世界での彼は、高校生のようだ。

（いっけね、遅刻遅刻！）

曲がり角にさしかかり——出会い頭に、誰かとぶつかってしまった。

お互いに転んでしまう。

「いてて……ごめん」

「私こそ、よそ見しちゃって」

相手をよく見れば、さらさらの黒髪ロングの正統派美少女。制服はモブ男と同じ高校のものだ。

トゥンク、とモブ男の胸が高鳴る。

「ごめんなさい！　私急いでるから」

少女は立ち上がり、学校の方へ駆けていった。

「あの子は一体……」

「立ったよ～？」

とつぜん、桃色ボブカットの少女が現れた。白いブラウスの胸元は大きく膨らんでいる。フリルでいっぱいのピンクのスカートを穿いていて、ニーハイソックスには沢山のリボンがついていた。

「はじめまして！　ボクは恋愛フラグ。天使だよ」

「もしやフラグちゃんや、生存フラグさんの仲間？」

「そうだよ。ボクは『恋が生まれる可能性が高い時』に現れるフラグなんだ」

「……え!?　もしかして俺、さっきの美少女とフラグが!?」

盛りのついた犬のように、鼻息を荒くするモブ男。

「そうだよー。ちなみにさっきの子は、モブ男くんのクラスに転校してくる『モテ美』ちゃん……ボクの言うとおりにすれば、あの美少女と付き合えるかもよ？」

「マジで!?」

「うん。でもボクの恋愛指南を無視したらフラグは消えちゃうかもしれないよ？　だから、くれぐれも教えを守るように」

「わかりました。師匠と呼ばせていただきます！」

流れるように土下座し、モブ男は忠誠を誓った。

高校に到着。

モブ男のクラスではホームルームが行われ、担任が転校生を紹介している。

「今日からクラスに、新しい仲間が加わることになりました。○×市から転校してきた、モテ美さんです」

「よろしくお願いします」

モテ美の美少女っぷりに、男子たちは歓声をあげた。クラスの女子カーストトップの『モブ美』は面白くなさそうだが。

（おお、師匠の仰られたとおり、本当にうちのクラスに転校してきた！　師匠についていけば、バラ色の学園生活間違いなし！）

おまけにモテ美の席は、モブ男の隣になった。

ますます期待を膨らませるモブ男に、恋愛フラグが甘い声でささやく。彼女は今、周りからは見えないようにしているようだ。

「あのね、たしかにボクという最高のフラグは立ったけど、それに甘えちゃダメだよ？恋は自分でつかみ取るもの」

「はい師匠。どうすればいいですか」

「そうだね……」

恋愛フラグは頬(ほお)に人差し指を当て、考える。

いい加減なアドバイスをして、失敗するモブ男を見るのも楽しそうだが……

(ボクの勘だと——モブ男くんって、まともなアドバイスしても明後日(あさって)の方向に進みそうなんだよね)

にっこりと笑って、

「モテ美ちゃんは新生活で不安だと思う。困ってたら助けてあげるといいよ」

「了解です！」

ホームルームが終わった。五分後にはすぐ一時限目の英語の授業が始まる。

モブ男がモテ美を観察すると、鞄(かばん)の中を見て暗い顔をしていた。

思い切って話しかける。

「どうかしたの？」

「英和辞典を忘れちゃって……一時限目まで、少し予習をしておきたかったのに」

モブ男は英和辞典を差し出した。

「貸してあげるよ」

モテ美は礼を言って受け取る。

(ふふふ、これで好感度アップだ)

そう、モブ男は確信したものの。

モテ美は開いた英和辞典を、汚らわしそうに見つめている。「どうしたの」と尋ねると、

「その……卑猥な英単語に、ことごとくマーカーでチェック入れてあるから……」

「そ、それは――違うんだ！」

モブ男は慌てて、

「エッチな海外の動画を見るとき、女優さんの喘ぎ声の意味が知りたくて」

「『違うんだ』の意味がわからない……」

ただの説明だった。

モテ美は英和辞典を返してきて、手を除菌ティッシュで拭いた。

そしてモブ男は、恋愛フラグに泣きつく。

「師匠！　おれ嫌われたのでは？」

「……ま、まだ挽回のチャンスはあるよ」

恋愛フラグは口元に手の甲を当てて、笑みを隠しながら、

「今度の休み時間に、学校案内してあげたら？　モブ男くんのお気に入りの場所とかさ」

「学校で、俺のお気に入りの場所……」

モブ男は考え込み、

「いつも便所メシしてる、職員用トイレとか？　人なかなか来ないし快適なんです。でも、

さすがに変ですかね」

「……。……ううん、バッチリ☆」

ボクが楽しむ分にはね、と恋愛フラグは心中で呟く。

師匠からお墨付きを得たモブ男は、モテ美に顔を寄せる。

「ねぇ……モ、モテ美ちゃん」

緊張で声が震えたため、不審者感が増している。

「な、なんですか」

「こんど俺と、職員室用トイレに行かない？」

「卑猥な単語チェックしてた人と!?　絶対イヤですよ!!」

恋愛フラグは窓の外を見て、笑顔を隠した。

(やっぱり思った通り、いいオモチャになりそう)

⚑

昼休み。

便所メシを追えたモブ男は、校舎内をとぼとぼ歩いていた。恋愛フラグもついてくる。

「はぁ」

「元気ないね、モブ男くん」

「そりゃそうですよ。だってモテ美ちゃん、あれから俺のこと無視してるんだから」

「でもラブコメで、印象最悪な人と後に相思相愛になるって良くあるでしょ？　今のモブ男くんもそれ。イチャラブ展開への助走なんだよ」

「なるほど、さすが師匠！」

（モブ男くん、宗教の勧誘とかにダマされるタイプだなー）

恋愛フラグはクスクス笑った。

「……ん？」

モブ男が足を止める。近くの空き教室から、揉め事のような声が聞こえてきたからだ。

見ればクラスメイトのモブ美が、モテ美を壁際においつめている。

「転校生のくせに、調子乗ってるんじゃないわよ」

「そんなつもりは……」

「乗ってるに決まってるでしょ！　だって転校初日に、ファンクラブができるってどういう事⁉」

あまりの剣幕に、当事者ではないモブ男も震えた。

「師匠、嫉妬って怖いですね」

「なにビビってるのモブ男くん、これはチャンスだよ」

恋愛フラグは、モブ男の背中を押して、

「『絡まれてる女の子を助ける』のは、鉄板中の鉄板の恋愛フラグ。助けたらお礼されちゃうかも」

「確かに——おいやめろ！」

モブ男は下心満々で、仲裁(ちゅうさい)に入った。

「何よモブ男。すっこんでなさい」

夜叉(やしゃ)のようなモブ美の眼光に、一瞬ひるむモブ男。

(だがモテ美ちゃんが、すがるような目で見てくる)

助ければ好感度アップは間違いない。

モブ男は踏みとどまり、叫んだ。

「『モテ美ちゃんファンクラブ』の設立者は俺だ！　文句なら俺が聞こう」

恋愛フラグが、珍しく驚く。

「え、作ったのモブ男くんなの？　便所メシするボッチなのに、すごい行動力」

モブ男は毅然(きぜん)と、モブ美に告げる。

「要するに、自分のファンクラブがないことが不満なんだな？」

「そ、それは……」

「ならば俺は、モブ美のファンクラブも作ろう」

「……！」

モブ美は頬を染めて、口元をほころばせている。まんざらでも無さそうだ。

怯えていたモテ美も、空気を変えたモブ男に感謝の目を向けている。

（よし、良い感じだ）

「ところでモブ男。私のファンクラブって、なにするの？」

「モテ美ちゃんのと活動は同じだよ。陰ながら応援したり、可愛さを讃えたり」

「うんうん」

「私物を特定して、全く同じものを買ったり」

沈黙が訪れた。

モブ美は震える声で、

「……あ、あんた……何いってんの？」

「アニメファンの『キャラが描かれたグッズではなく、キャラと同じ持ち物が欲しい』という理屈と同じさ」

モブ男はスマホを取り出し、Ａｍａｚｏｎの注文履歴を見せた。

「モテ美さんの私物と同じ物――消しゴムやノート、リップクリームなどは、既に注文済みだ」

「な、なにしてるんですかぁ!?」

あまりのキモさに、モテ美が悲鳴をあげた。

「モテ美さんのＳＮＳもいま捜してる。そこの写真に映りこんだ私物も、全て買うつもりさ」

「怖すぎる！」

怯えるモテ美に、モブ男は心の底から不思議そうに、

「どうして嫌がるの？　これは好意なんだよ？」

「悪意がないことが余計に怖い!!」

とんだ転校初日である。

涙目のモテ美の肩に、モブ美が手を置く。

「気をしっかり持ちなさい、モテ美」

「はい、モブ美さん……」

共通の敵が現れたことで、二人の女子は和解した。

そのまま寄り添うように去って行く。ある意味モブ男がモテ美を救った形である。

「全く、何やってるんですかモブ男さん」

溜息(ためいき)とともに、フラグちゃんが現れた。その隣で、生存フラグは気(け)だるげに折り紙を

折っている。

恋愛フラグが、歪んだ笑みを浮かべた。

「ふ〰〰ん。来たんだね№.269」

「ま、まあ暇だったもので」

（嘘ついちゃって可愛い。『モブ男くんを美少女とくっつける』という言葉が気になって、いてもたってもいられなくなったんでしょ？）

生存フラグも来たのは、フラグちゃんを放っておけなかったからだろうか。

（さてさて、№.269の気持ちを、もっと刺激しちゃおう）

そんな思惑のもと、恋愛フラグはこう提案した。

「君たちも、モブ男くんの恋愛成就に協力してくれる？」

「は⁉」「なぜそんな面倒なことを」

「あ、協力できないんだ？　やっぱモブ男くんが好きなんだね」

「なんでそうなるんですかぁ⁉」

フラグちゃんは、恋愛フラグにいいように転がされている。

生存フラグが、大いに顔をしかめて、

「はぁ。万一にもそんな誤解を受けたくないし、協力してやるか……で、どうすればいいんじゃ」

そうだねぇ、と恋愛フラグは頬に人差し指を当てて、

「まず——ボク達三人とも、モブ男くん以外にも姿が見えるようにしよっか。そして『転校生』という設定で、授業に参加するの」

強引な展開だが、ここは仮想世界だ。ある程度融通が利く。

「ボク達は授業でモブ男くんをサポートする。そしてモブ美ちゃんに『モブ男くん頭いい！　素敵！』と思わせちゃうの」

フラグちゃんはうつむいている。気乗りしない様子だ。

やらない言い訳を捜すように、

「で、でも制服もないのに、授業になんて」

「大丈夫」

恋愛フラグが掌をかざすと、空中からデジカメのようなものが現れた。

「じゃっじゃ〜ん！　天界アイテム『フクカエール』！　これを使えば、どんな服装にも一瞬でチェンジできちゃうの。こんな風にね」

フラグちゃんと生存フラグに向けて、シャッターを押す。

すると二人が、一瞬で制服姿になった。生存フラグは少し気に入ったのか、ちらちらと窓ガラスで己の姿を見ている。背中の大きな羽が邪魔になりそうなものだが、生存フラグいわく消すこともできるらしい。

恋愛フラグは拳(こぶし)をつきあげ、

「よーし、モブ男(お)くんをモテ美(み)ちゃんとくっつけて、幸せにしてあげよう！　二人はしっかり、ボクの指示に従ってね！」

フラグちゃんは気乗りしない様子でうなずく。

その姿に、恋愛フラグはゾクゾクした。

⚑

午後の授業……五時限目が始まった。

フラグちゃん、生存フラグ、恋愛フラグも参加しているが、誰も気にしていない。

先生がフラグちゃんに問う。

「ではこの問題――死亡フラグさん、答えられるかしら？」

フラグちゃんは、先ほど恋愛フラグに受けた指示通りに、

「私には、こんな難しい問題は無理です。でもこのクラスでいちばん頭のいいモブ男さんなら」

「ええ！　俺が代わりに答えます！」

モブ男のやる気に気圧(けお)され、保健体育の女教師は尋ねた。

「では『第二次性徴における女性の身体の変化』について答えなさい」

「はい。成長が顕著なのは乳房です。まず乳頭周辺がふくらみ、それが横に広がり、丸く立体的になり……」

それからモブ男は、たっぷり十分にわたって女性の乳房について語った。

その知識は極めて正確だ。卑猥な単語をチェックしていた情熱は伊達ではない。

──だがもちろん、モテ美をはじめクラスメイトはドン引きであった。

恋愛フラグは机に伏せて笑いをこらえ、生存フラグに指示を出す。

「今だよ。モブ男くんを褒めて、モテ美ちゃんの好感度をあげて」

「上がるか？」

激しく疑問に思いつつも、生存フラグはモブ男を棒読みで讃える。

「さ、さすがモブ男じゃー。わしと初対面の時も、胸をじろじろ見ておったし、乳房の研究に余念が無いのぅー」

教室が一層ざわついた。

続いて、恋愛フラグの合図を受けたフラグちゃんが、

「そ、そうです！　この間なんか墓場でわいせつな行為に及ぼうとしてましたし。刑法１８８条も恐れないなんて、すごいです」

教室はもう、お通夜のような雰囲気だ。

さすがのモブ男も、それを感じ取る。

(これマズいんじゃないか？　いや、師匠を信じろ。きっと好感度は上がっているはず)

そう思い、隣のモテ美を見る。すると……

「モブ男くんって……超高校級の気持ち悪さだよね」

「ぐはっ」

モブ男は大ダメージを受けた。

フラグちゃんは気の毒そうな、だが少し安心したような、複雑な表情をしている。


保健体育の授業が終わり、休み時間……

超高校級に気持ち悪い男は、屋上でうなだれていた。そばには恋愛フラグ、フラグちゃん、生存フラグもいる。

モブ男は恋愛フラグに、死んだ目を向けて、

「師匠、俺、完全にモテ美ちゃんに嫌われたよ……」

「恋愛は、楽あれば苦ありだよ」

「今のところ苦しかないんですけど！」

ボクは楽しいけどねー、と恋愛フラグは呟きつつ、

「じゃあモブ男くん。『恋の矢』使う？」

「へ？」

恋愛フラグが手をかざすと、空中から二本の矢が現れた。矢羽根がハート型になっている。

「これも天界アイテムだよ。刺された二人はね、一時間だけ相思相愛になるの！」

「えっ」

「この矢の注意点はね、時間制限があるから――」

『あくまでキッカケ作り』と続けようとする恋愛フラグ。

そこへモブ男は、真剣な表情でかぶせた。

「その一時間のうちに、思いつく限りのドスケベな事をしろということですね？」

「いやマジでそういうんじゃないから」

恋愛フラグも素に戻るほど、モブ男は酷かった。

フラグちゃん、生存フラグも顔をしかめる。

「そんな道具で、女性にエッチな事をしようとするなんて」「恥を知るがいい」

激しく非難してくる二人を見て……

モブ男は、恋愛フラグにたずねた。

「ねえ師匠。この二人、こんなに激しく非難してくるということは……ひょっとして、ヤキモチ？」

「……。…………」

恋愛フラグは考える。

そして、とてもいい笑顔で、

「そうだよ☆」

「やっぱり！」

師匠のお墨付きを貰ったモブ男は、二人に向き合った。

「恋の矢を使うのはやめるよ」

「わかってくれたんですね」

「ああ。わかったよ——俺がモテ美ちゃんを選んだら、君たちが悲しむってことが」

二人は、般若のような顔になった。

それに気付かぬモブ男は、まとめて抱きしめようとする。

「一日交替で付き合うから、安心してよ。俺はみんなのモブ男だから」

モブ男の顔面に、ピコピコハンマーと蹴りが強烈にヒットする。

恋愛フラグはお腹を抱えて笑っていた。

六時限目と帰りのホームルームが終わり、放課後。

フラグちゃん、生存フラグ、恋愛フラグは、校舎の屋上で一息ついた。『フクカエール』の効果をとき、いつもの姿になる。

フラグちゃんがゲンナリしながら、

「今日のモブ男さんは、一段とパンチが効いてましたね」

「同感じゃ。なにが『みんなのモブ男』じゃ。なにをどうしたらあんな思考回路になるのか」

生存フラグがそう吐き捨て、床を蹴る。

恋愛フラグは大きく伸びをした。その表情は満足感にあふれている。

「んーっ。いい暇つぶし……じゃない。練習になったよ！　これからもモブ男くんを貸してね！」

生存フラグは、うさんくさそうな目を向けつつ、

「しかしキサマ、妙なアイテムをもっとるな」

「ああ、これ？」

生存フラグが両手をかざすと、『フクカエール』と『恋の矢』が現れた。

「いいでしょ。どこで手に入れたかは秘密だよ……ところでさ」

恋愛フラグの声のトーンが、急に低くなる。

フラグちゃんに、悪魔のような笑みを向けた。

「モブ男くんと相思相愛になれるよう、『恋の矢』を使ってみる？」

空気が張り詰める。

フラグちゃんは反射的に断ろうとしたが……

（私は、モブ男さんのことをどう思ってるんでしょう）

改めて、考えてみた。

モブ男は、ゲスでダメな男。しかも修行用のプログラムだ。恋愛感情を抱くなど本来ありえない。

だが……ときおり見せる勇気や、優しさに胸が高鳴ったのは事実。

それにモブ男が、モブ美やモテ美といると、心が激しくかき乱された。これが意味するものは――

「たしかに、私はモブ男さんが好きなのかもしれません」

唖然とする生存フラグ。

それを横目に、恋愛フラグは激しく食いつく。

「じゃあ使う？　恋の矢！」

「いえ。そういうのを使って、心を操るのは違う気がするので……」

やんわりと。

だが強い意志を込めて断る。

「いつか、ちゃんとモブ男さんに好きになってもらおうと思います」

「そっか……野暮なことを言っちゃった。ごめんね」

恋愛フラグは、苦笑して頰をかいた。

そしてフラグちゃんの小さな手を取り、

「ボク、君の恋を応援するよ！　全力で！」

傍目には、純真に友人を応援しているように見える。

だが内心は、こんな気持ちでいっぱいだった。

（死神とプログラムなんて、完全に禁断の恋！　最高のオモチャになりそう！）

そう、ほくそ笑んでいると……

「おーいみんな、何してるの？」

もう一人のオモチャ——モブ男が屋上へやってきた。

恋愛フラグは、物凄くわざとらしく、

「あ、手が滑っちゃった～」

二本の『恋の矢』が飛んでいき、モブ男——

そして生存フラグの豊かな胸に突き刺さった。

「キ、キサマ……う、うう」

生存フラグは両ひざをつく。次の瞬間には……

いつも冷たい顔が、とろけきっていた。

真っ赤な頬(ほお)に両手を当て、甘ったるい声で、

「モブ男(お)ぉ……☆」

「マイハニー！」

抱きしめあう二人。一時間だけ両思いとなったのだ。

フラグちゃんは慌てて、間(あいだ)に割って入る。

小さな身体(からだ)に、めいっぱい力をこめて、

「は、離れてくださーい！」

生存フラグが頬を膨らませた。

「む、やはりキサマ、さきほど言ったとおりモブ男が好……」

「わああ、ちょっと！」

慌てて生存フラグの口をふさぐフラグちゃん。

モブ男は首をかしげ、

「ん？　いまマイハニーは、フラグちゃんに何を言おうとしたの？」

「フラグ『ちゃん』……じゃと？」

碧い瞳に、涙が浮かぶ。

地団駄を踏んで、幼児のように泣きわめく。胸が上下に激しく揺れた。

「なんでNo.２６９には、親しげに『ちゃん』付けなんじゃ！　わしも『ちゃん』付けされたいんじゃー！」

生存フラグの涙を、モブ男が優しくぬぐった。

「泣かないで生存フラグちゃん。俺が好きなのは君だけさ」

「……っ」

フラグちゃんは辛そうだ。恋の矢によるものとわかっていても、割り切れないのだろう。

生存フラグは、すんすん鼻を鳴らしながら、モブ男の手に頬をすりよせて、

「わしの心はもう、モブ男でいっぱいなんじゃ」

後で思い出したら、自殺しそうなことを言う。

「だからこそ不安なんじゃ。キサマは魅力的すぎるからの。女どもが放っておくはずがない」

「どうしたら安心してくれるんだい？」

「こうじゃ」

生存フラグは、包帯を蜘蛛の糸のように使い、モブ男を拘束した。

「キサマの脳みそを取り出して、生命を維持するための液体に浸けれぱ、他の女は手出しできまい」

「じ、冗談キツいよ」

「安心せよ。電極を付けて、最低限のコミュニケーションはできるようにするから」

生存フラグは、フラグちゃんの手から大鎌を奪い取り、モブ男の首へ当てた。

そして理性を失った笑みで、

「永遠の時を、共に過ごそうではないか……！」


約一時間後。『恋の矢』の効果が切れた。

「……はっ、わしは今まで何を」

我に返った生存フラグ。

いつのまにか、胸に大きな瓶を抱えていた。

中には液体に浸された脳。脳は電極とつながっており、更にそれはスマホと接続されている。

「なんじゃこれは？　標本を、理科室から持ってきてしまったのか？」

「それは、モブ男さんです」

フラグちゃんが、目元をTシャツの裾でぬぐいながら言う。

やがて……生存フラグに、先程までの記憶が蘇ってきた。

恋の矢に貫かれ、モブ男にデレデレし、世迷い言を口走った醜態……！

（あ、あ、あああ）

かつてない羞恥に、大量の冷や汗が流れる。体に巻いてある包帯が透けるほどだ。

恋愛フラグを睨みつけ、

「キ、キサマ」

「可愛かったよ～№11。『わしの心はもう、モブ男でいっぱいなんじゃ』と言ってたのとか」

「ぐあああああああ!!」

生存フラグは自殺したくなった。

そして悪鬼のように、恋愛フラグを追いかける。

「あはは……あ、これからボク、№269は死亡フラグだから『しーちゃん』、№11は生存フラグだから『せーちゃん』って呼ぶね？」

「どういうタイミングじゃキサマ!?」

そんな騒ぎを横目に、フラグちゃんはモブ男の脳入りの瓶を抱き上げた。

「あぁモブ男さん、こんな姿に」

『やあ　フラグちゃん』

　スマホに言葉が表示される。どうやらこうしてコミュニケーションは取れるようだ。

『君に　お願いが　あるんだ』

（もしかして『フラグちゃん　コロシテ』とか……）

　こんな姿になってまで、モブ男も生きていたくないだろう。死神自ら命を奪うのは御法度だが、手を下すのもやむをえない。

　そう覚悟したとき、表示された言葉は。

『俺を　女子更衣室に　置いて欲しい』

「モブ男さんは何があってもブレませんね」

　その後、モブ男は女子更衣室のインテリアとなり、幸せに暮らした。

　それには恋愛フラグすら驚愕し、こう思った。

（ふふふ、№２６９とモブ男くん……ボクの予想も超えてくる最高のオモチャ。これからもいっぱい遊ぼうっと！）

⚑

「……はあ、酷い（ひど）オチだ」

神様は溜息（ためいき）をついた。ディスプレイを通して、仮想世界の様子を視（み）ていたのだ。

（№51は快楽主義者なんだよなぁ。普段の仕事でも、恋愛フラグとしての役割より、自分の楽しさを優先することがある）

神様はそれを改善する為に――恋愛フラグを、フラグちゃんと修行するように仕向けた。フラグちゃんの『優しさ』を学べば、プラスになるかもと考えたのだ。生存フラグと同じように。

だが……今のところ、やりたい放題である。

（まあ少し、長い目で見よう）

性格は簡単に変わるものではない。じっくり見守ることも必要だ。

（それに）

恋愛フラグは、フラグちゃんの『優しさを上まわる感情』を刺激してくれる。

それがフラグちゃんの、更なる成長に繋（つな）がるかも知れない。

（三人の化学反応に、期待しているよ）

神様は、ディスプレイに映るフラグちゃん、生存フラグ、恋愛フラグに優しい目を向けた。

四話　仮想世界で特訓を重ねたらどうなるのか

天界。仮想世界へ通じる扉の前。

神様は、空中にディスプレイとキーボードを出して仮想世界の設定をしていた。側には
フラグちゃんもいる。

「№269。今回のモブ男の死亡フラグは『熱中症』にしてみたよ」

「はい。昨今の日本では侮れない死亡フラグですからね。回収がんばります」

小さな両こぶしを握り、張り切るフラグちゃん。

そこへ、恋愛フラグが手を挙げて近づいてきた。

「やっほ～！　しーちゃん、これから特訓だよね？　ボクも付き合うよ」

「え？　今回のテーマは熱中症。なので恋愛フラグは立ちそうもないですが」

「いいのいいの！　ボクはしーちゃんの力になりたいだけなんだから！」

これ以上なく嘘くさい。

だが純真なフラグちゃんは「ありがとうございます」と金色の瞳を輝かせている。

神様は無精髭(ぶしょうひげ)を撫(な)でながら、二人を見つめ、

（うーむ、№51は、絶対に仮想世界でハプニングを起こすだろうね）

彼女は根っからのイタズラ好き(トリックスター)だ。この子が絡むと、どんな展開になるか予想がつかない。

『熱中症』とは、全(まった)く関係のない死亡フラグが出てくるかも……

（まあその時は、その時だよね）

予期せぬハプニングは、フラグちゃんの対応力を鍛える。それは立派な死神になる事に繋(つな)がるはず。

扉をあける二人を、神様は手を振って見送った。

「行っておいで」

■~~熱中症になったらどうなるのか？~~→二酸化炭素がなくなったらどうなるのか？

（俺の名はモブ男……あっちい……）

今は八月。

38℃前後の猛暑日が続き、全身汗びっしょりだ。アパートに置いてある扇風機は、熱い

空気をかきまわすだけでなんの役にも立たない。

同棲中の彼女・モブ美も、暑さでへばっている。

クーラーが欲しいが、金欠のモブ男に買う余裕はない。

「こうなったら熱くイチャついて、暑さを吹き飛ばそうよハニー」

ゴミみたいな口説き文句とともに伸ばした手は、モブ美に強く弾かれた。

「もう、こんな暑い部屋うんざり！」

「わ、わかったよ。じゃあ扇風機を『首振り』にせず、ハニーの方だけに向けるよ」

「今どきクーラーの一つも買えないなんて、この甲斐性なし！　あんたなんか願い下げよ！」

強烈なビンタをかまし、モブ美は荷物をまとめて出ていった。

「ううっ、ハニー……くそっ、俺が悪いんじゃない！　地球がこんなに暑いのが悪いんだ！」

スケールの大きい責任転嫁をするモブ男。

スマホの検索画面に『地球温暖化　理由』と打ち込む。

それによると……温暖化は、二酸化炭素などの温室効果ガスが増えたことが原因らしい。

北極などの氷がとけて海面上昇が起こり、南太平洋では沈んでしまう島も多数。

要するにモブ美が出て行ったのは、二酸化炭素のせい……

モブ男は、汗をダラダラ垂らしながら叫んだ。

「くそ！　二酸化炭素なんて消えてなくなれ」


「立ちました！」


『死亡』と書かれた小旗を振り、フラグちゃんが現れた。その傍(かたわ)らで恋愛フラグが手を振っている。

「あ、フラグちゃんと師匠。おれ死亡フラグなんて立てた？」

「いまのモブ男さん、熱中症になりかけです……あと『二酸化炭素なくなれ』なんて言っちゃダメですよ。二酸化炭素は非常に重要な役割を果たしているんです」

「まっさかぁ。二酸化炭素って、悪いイメージじゃん。二酸化炭素のせいで地球が温かくなって、北極の氷がとけて、沈んでしまう島もあるんだよ？」

ドヤ顔で、鼻の穴をふくらませながら、

「知らないのぉ、フラグちゃん？」

「ぐぬぬ。さっき得た知識なのに偉そうに」

歯ぎしりするフラグちゃん。

そのとき恋愛フラグが、意外すぎる提案をした。

「じゃあさ……二酸化炭素、消しちゃう？」

掌(てのひら)をかざすと、空中からクイズ番組の回答ボタンのようなものが現れた。

「天界アイテム『消す消すボタン』。これを使えば、消したいものを消せ……」

「地球から二酸化炭素消えろ！」

モブ男(お)はボタンを押した。

「あぁなんて、無駄な思い切りのよさ！」

叫ぶフラグちゃん。やはり神様の予定通りには、進まなくなったようである。

恋愛フラグは、期待通りに動いたモブ男(オモチャ)に、歪(ゆが)んだ笑みを向ける。

「じゃあボク、いったん天界に帰るね～。モブ男くんを観察……いや、見守ってるよ」

天界から見物するようだ。紅玉(ルビー)のような瞳が期待で輝いている。

⚑街の異変

『消す消すボタン』を押して、しばらく後。

モブ男とフラグちゃんは、アパートでテレビのニュースを見ていた。

『二酸化炭素が無くなったため気温が低くなり、北極と南極の氷が増え、海面上昇は止まりました。南太平洋の島々の人たちは胸を撫でおろしています』

モブ男は勝ち誇って、フラグちゃんを見る。

「ほら、いい事ずくめじゃないか」

「そうでしょうか」

「ふふ、負け惜しみかい？　……そろそろ食材が尽きてきたな。久々に買い物に行こう」

モブ男はフラグちゃんと外出した。

近くのスーパーに入ると、すぐに違和感を覚えた。入り口近くにある野菜や果物のコーナーに、何も置かれていないのだ。

「あれ、なんで？」

「光合成って知ってますよね？　植物は光を利用し、水と二酸化炭素から体を形成します。二酸化炭素がなくなり、野菜などの植物は一切成長できなくなったんです」

「な、なんてことだ……」

モブ男は声を震わせて、

「まあいいや。俺野菜きらいだし」

「軽い！」

「じゃあ肉を食おーっと……て、肉めちゃくちゃ高い!!　なんで!?」

「アホなんですか？　家畜を育てる飼料は、植物が原料ですよ？」

「あー！」

モブ男は頭を抱えた。

フラグちゃんは、肉コーナーを眺めた。パックされた肉はかなり少ない上に、鍵付きの冷蔵庫に保管されている。まるで貴金属のような扱いだ。

「これらの肉は、貯蔵してあった飼料で育てた家畜のものでしょうね。ですがそれも時間の問題。やがて肉も食べられなくなります」

それから、モブ男とフラグちゃんは店中を見て回った。

米、小麦、それらを原料にした食材……あらゆるものがない。

「魚売り場も、空っぽだね」

「海の植物プランクトンが光合成できず、死に絶えましたからね。それを食べていた動物プランクトンが死に、更にそれを食べていた小魚が死に……と、食物連鎖が崩壊したんです」

「に、二酸化炭素って、ものすごく大事だったんだな」

モブ男はようやく痛感し、何も買わずにスーパーを出た。

「少し街の様子を見てみよう」

アパートとは別方向へ進む。

しばらくして、モブ男は喉をおさえた。

「なんだか、少し息苦しいな」

「酸素が薄くなっているんでしょうね。植物が光合成できず、酸素が生み出されていませんから」

「なるほど。それに街の様子もおかしいね」

道路脇で、ゴミなどを燃やしている人が沢山いる。

それに駐車してある、ほとんどの車のエンジンがかけっぱなしだ。

フラグちゃんはスマホで、政府広報のサイトを見ながら、

「植物を育てるため、政府が国民に、二酸化炭素を発生させる事を奨励しているようです」

「今までとは完全に逆じゃないか！」

セクシー元大臣が卒倒しそうな政策である。

驚くモブ男に、フラグちゃんは諭すように言った。

「わかりましたか？　『消す消すボタン』で、安易に二酸化炭素を消すからですよ」

「そうだね」

モブ男はうつむいた。珍しく、心から反省しているようだ。

「ボタンで消すのは『顔面偏差値が、俺以上の男全員』にすればよかったね……」

「男性が、ほぼ絶滅するんじゃないですか？」

フラグちゃんは、さらっと酷いことを言った。

「もしくは――二酸化炭素消す前に、借金してでも飼料とか買いまくっておけば、今ごろ大金持ちだったろうにね」

「クズな反省が、とどまることを知らない！」

ピコピコハンマーで、モブ男を叩くフラグちゃん。

それから二人は公園に寄って、ベンチで休んだ。木も花もすべて枯れ果て、もの悲しい光景だ。

「あっ」

モブ男は木の根っこを指さし、

「キノコがはえてる」

「キノコは光合成をしないんですよ。だから二酸化炭素がない今でも、なんとか生きていけるんですね」

「ふうん……！」

ニンマリと笑うモブ男に、フラグちゃんは嫌な予感がした。

⚑金儲けをもくろむ

翌日、モブ男はフラグちゃんを連れて電車に乗った。

隣県の田舎町で降り、レンタサイクルを使ってやってきたのは、深い森だ。といっても、ほとんどの木は枯れているが。

フラグちゃんが不思議そうに、

「こんな所へ来てどうするんですか？」

「この山はキノコの名所らしい。食糧不足の今なら、採って大儲けできる」

「この状況でも金儲けを考えていることに、目眩がします……」

フラグちゃんは、小さな掌を額に当てた。

「がんばるぞ。金持ちになれば、モブ美も帰ってくるかもしれないし」

「むむ……ところでモブ男さん、この山は入っても大丈夫なんですか？　林道の入り口で検問みたいなの張ってましたけど」

それをモブ男は避け、コッソリこの森に入ってきたのだ。

「大丈夫大丈夫。きっとキノコを独り占めし、一攫千金をもくろむ強欲な豚だよ」

強欲な豚はそう言い、キノコを探しはじめる。

少し経って……離れた場所の空が、赤くなっているのが見えた。

「夕焼け――じゃないな。まだそんな時間じゃない」

フラグちゃんがスマホを見て、

「あ、政府が大規模に二酸化炭素を発生させるため、ここ一帯の森に火を放ったようです」

「えええええ!?」

検問を張っていたのは、政府関係の車らしい。

木々が枯れているため、どんどん燃え広がる。モブ男たちはあっという間に炎に囲まれてしまった。

熱波で肌が痛いし、煙で目もあけていられない。

「くそっ、もう逃げるのは無理か?」

モブ男は歯を食いしばり、フラグちゃんへ叫んだ。

「君だけでも逃げなよ! 死神ならなんとかなるだろう?」

「モ、モブ男さん……」

「立ったよ～」

恋愛フラグが、満面の笑みで現れた。

フラグちゃんは驚く。

「えええ!?　私とモブ男さんに、恋愛フラグが立ったんですか!?」

「だって『俺に構わず逃げろ』だよね？　最高の恋愛フラグじゃん」

「そ、そうかもしれませんけど……」

モジモジするフラグちゃん。

だがもう一刻の猶予(ゆうよ)もない。

フラグちゃんは、モブ男をお姫様抱っこした。燃える林をかけぬけ、倒れてくる大木(たいぼく)をかわし、前が塞(ふさ)がると大鎌で切り開いてゆく。

煙で視界は悪いが、少しでも火が弱い方へ避難する。

「げほげほっ。あ、ありがとうフラグちゃん」

「いえ……さっき、ほんのちょっとだけカッコよかったですよ」

「はは、そうかい？」

「わ、私は、その……」

フラグちゃんは一度、言葉を飲み込んだあと。

思い切って言い放った。

「モブ男さんのそんなところが、好きなのかもしれませんっ」

「……」

返事はない。

以前、墓場で気持ちをぶちまけた時のように、笑われるだろうか。

それとも、困らせてしまっただろうか。

（そうですよね。モブ男(お)さんはモブ美(み)さんのことが……）

せつない気持ちになっていると、恋愛フラグが、

「あのね、モブ男くんは一酸化炭素中毒で、すでに亡くなってるよ」

「モブ男さ――ん!!」

火はかわしても、煙からは逃(のが)れられなかった。dead(デッド) end(エンド)だ。

⚑

肩を落とすフラグちゃんに、恋愛フラグは言った。

「でも、しーちゃんの仕事はできたんじゃないの？　モブ男くんの死亡フラグは回収できたんだもん」

「それは結果論です。私はモブ男さんを助けようとしましたし」

そして二人は、扉を通って天界へ戻る。

そこには神様――それに生存フラグがいた。二人で修行の様子を見ていたらしい。

生存フラグは落ちこむフラグちゃんを見て、胸がきゅっとした。

（仕方ない、慰めてやるか。決して№２６９のためではなく、優しくなる練習として）

そんな言い訳をしつつ、フラグちゃんの前に立つ。

だが目が合うと、素直に慰めの言葉がでてこない。

それどころか……

「そ、そんなんだから、キサマは落ちこぼれなのじゃ」

クドクドと説教をする。『死神なのに優しすぎる』、『もっと危機感を持て』などなど……

「うぅ」

フラグちゃんが涙ぐみ、生存フラグは慌てた。フォローしようとしたが、

「あ～泣かしちゃった。もう言い過ぎだよ～」

恋愛フラグがフラグちゃんをかばったため、タイミングを逃してしまった。

バツが悪くなり、こう続ける。

「……№２６９よ。明日の修行では、わしも共に仮想世界に行く。腑抜けた姿を見せたら承知せんからな」

「はい……」

生存フラグは身をひるがえし、逃げ出すように早足で進む。

内心は、自己嫌悪でいっぱいだった。

（ぜんぜん優しくなれぬ。やはりわしは、ダメな天使じゃ……）

去って行く生存フラグを見て、神様は考えた。

（うーん、このままではいけないね）

生存フラグには、フラグちゃんと仲良くして欲しい。

彼女の課題である『優しくなる』ためにも必要だし、なにより……職場の人間関係は円滑であるに越したことはない。

（ならば……明日は№11と№269が、仲直りできるような仮想世界に設定しようか）

そのためには、どんな世界にすべきか。

（そうだ、№11の弱点をついてみよう）

神様は空中にディスプレイとキーボードを出し、設定を開始した。

――そして翌日。

フラグちゃんと生存フラグは、仮想世界への扉の前に集合。

やや気まずい空気の中、修行を開始した。

■呪いのビデオを見たらどうなるのか？

アパートの一室。

モブ男は、今時めずらしいビデオテープを再生しようとしていた。

(俺の名はモブ男。このまえ肝試しに行った際、墓場で拾ったビデオテープを再生しようと思う)


「立ちました！」


『死亡』の手旗を振り、フラグちゃんが現れた。

「やあ『立ちましたbot』ことフラグちゃん」

「誰が『立ちましたbot』ですか」

どちらかといえば、モブ男の方が死亡フラグ立てbotではある。

「ところでモブ男さん、怪しいビデオの再生は死亡フラグですよ！　呪い殺されちゃいます」

「呪い殺される？」

モブ男はビデオテープを見て、

「これ、エッチなビデオだと思って拾ったんだけど」

「中学生ですか……？　ていうか今時よく、ビデオテープの再生機器なんて持ってましたね」

「メルカリで一万五千円で買った」

「高い！　よく知りませんけど、たぶん普通にエッチなＤＶＤ買った方がコスパいいですよ！」

フラグちゃんは妙な助言をした。

モブ男はビデオテープを見る。血痕のようなものがついていて、いかにも怪しげだ。

「確かにこれは、フラグちゃんのいう通り、呪いのビデオかもしれない」

「ようやく気付きましたか」

「でも、ここまで準備に金を掛けた以上、今さら引き返せないんだ。心理学的に言うとコンコルド効果！」

無駄な雑学を披露しつつ、モブ男はビデオを再生した。

しばらく、砂嵐のような画面が映ったあと……

恨めしげな顔の女性が、大写しになった。

「さ、再生を止めるべきですよ、モブ男さん！」

フラグちゃんが叫ぶ。

だがモブ男は、むしろ鼻息を荒げて興奮し、

「何を言っているんだいフラグちゃん。この女性が、エッチな事を始めるかもしれないじゃないか」

「まだ、エッチなビデオの望みを持ってるんですか……？」

フラグちゃんは、ビデオよりモブ男が怖くなってきた。

映像は、小刻みに変わっていく。


大写しになる目玉。

『大量殺人事件』『山村での惨劇』などという見出しの、雑誌記事。

森の中にある井戸。

興味を惹かれたモブ男は巻き戻して、雑誌記事のところで一時停止した。

「なんの記事だろ？　ええと『東北地方の山村で、女性が村人を虐殺……』」

「立ったぞ……」

「きゃっ！」

黄泉から響くような暗い声に、フラグちゃんが悲鳴をあげた。

現れたのは、生存フラグである。テレビからガッツリ目をそらしながら、

「し、心霊現象のルーツを探るのは、生存フラグじゃ。呪いを解くことに繋がったりするからの」

「なるほど……ところで生存フラグさん、なんでテレビから目をそらしてるの？　首が折れそうなほどに」

生存フラグが答えないでいると、モブ男は笑った。

「怖いの？」

「ば、馬鹿を言うでない！」

否定はしたものの。

――実は生存フラグは、お化けの類いが大の苦手であった。

それを知っていた神様は『ある思惑』から、こういう仮想世界に設定したのである。

だがここで怯えるのは、生存フラグのプライドが許さない。

ましてや昨日、フラグちゃんを『腑抜けた姿を見せたら許さん』などと叱責したのだから。

（大丈夫じゃ。わしは天使。そもそも幽霊などを怖がるのがおかし……）

ピピピピピッ！


「!!」

突然の着信音。生存フラグは口に両手を当てて悲鳴をこらえた。どうやらモブ男のスマホらしい。

（タ、タイミングからして、霊からの電話では……!?）

彼女同様、モブ男も驚愕（きょうがく）している。

「びっくりした……！」

「キサマもか」

「うん。友達（ともだち）いないから、電話がきたの久しぶりなんだ」

悲しいことを言いつつ、モブ男は電話に出る。

少し耳を傾けたあと、不思議そうに通話を切った。

「知らないおじさんの声で『うらめしや～』だって」

（怖すぎるではないか!!）

実は今の電話も、生存フラグを怖がらせるべく、神様がかけたものであった。

生存フラグは碧玉（サファイア）のような瞳に涙を浮かべ、震える。

（もう帰りたい……ん？）

いつのまにか。

雑誌の場面で一時停止していた映像が、動いている。

森の中の井戸が映った。

井戸から白い手——そして髪の長い女が出てきて、画面の手前側へ近づいてきて……

女がテレビから、出てきたではないか。

ずるずると、フローリングの上を這（は）い寄ってくる。

モブ男（お）は、激しく声をふるわせて、

「こ、これはもしかして」

「そうじゃ！　これこそ呪いの……」

「もしかしてVR（ブイアール）の、エッチなビデオかな？」

「キサマはイカれとるんか⁉」

生存フラグは、モブ男の思考回路も怖くなってきた。

這い寄ってくる女性が、ガバッと顔をあげた。その両目は木の洞（うろ）のように虚（うつ）ろで、血の涙が流れていた。

「い……いやあああああ！」

生存フラグはついに悲鳴をあげ、モブ男に抱きついた。

そのまま目をとじ、ガタガタ震えていたが……

「もう大丈夫ですよ、生存フラグさん」

フラグちゃんがそう言ったので、周りをみる。あの女はどこにもいない。

「テレビの中に追い返しました。私、そこまでお化けとか苦手じゃないので」

「ふ、ふん！　余計なことを。わしが蹴りで倒そうとしたのに」

「さすがに無理がありますよ……」

控えめなフラグちゃんでも、そう言わざるを得ない。

(情けない。あんな悲鳴をあげてモブ男に抱きつくとは……ん？)

モブ男は失神しているようだ。

どうやら生存フラグの胸で呼吸できなかったらしい。実に幸せそうな顔だ。

しかし……

生存フラグはフラグちゃんを見て、

「なぜ幽霊を撃退した？　あのまま放っておけば、おそらく幽霊はモブ男を呪い殺した。そうすれば死亡フラグが回収できたのに」

それに昨日、生存フラグはフラグちゃんに厳しく説教した。その仕返しに『貴方だってダメダメじゃないですか』と言われても仕方ない。

だが、フラグちゃんは。

今思い出したかのように「あ」と口元に手を当てて、

「死亡フラグの回収、忘れてました。生存フラグさんを助けなきゃって、頭がいっぱいになって」

「……！」

生存フラグの胸に、温かいものが広がった。

礼を言おうとしたが――またしてもプライドが邪魔をする。

「そ、そんな事だからキサマはダメなのじゃ。死神なのに甘すぎる」

「そうですね、すみません……」

素直に謝ってくるフラグちゃん。

生存フラグは自己嫌悪で、いたたまれなくなった。

（こ、こやつといると、調子が狂う）

そして、こんな願望が湧いてきた。

（……№269の事が、もっと知りたくなってきた）

今まで生存フラグには、親しい者が一人もいなかった。仕事では周りとつるまず、休日は自室で身体(からだ)を鍛えるばかり。

なので、親しくなる方法がわからない。

（どうすればいいんじゃ）

そんな風に思い悩みながら。

生存フラグはフラグちゃんと共に、扉を通って天界へと戻った。

二人で宮殿の片隅にある、寮へ向かう。天界で働く者の多くが、ここで暮らしている。

寮は天使寮と死神寮に分かれている。生存フラグはフラグちゃんと別れ、天使寮の自室へ入った。

淡い青と白を基調とした、綺麗な部屋である。清潔なベッドに、ぬいぐるみが置かれている。部屋の片隅にはダンベルなどのトレーニング器具もあった。

生存フラグはベッドに座り、ぶつぶつと呟いた。

「わしは、あやつと親しくなれるじゃろうか」

そしてなんと――己の背中の羽をむしった。

「『親しくなれる』『親しくなれない』……『親しくなれる』『親しくなれない』……」

花占いの要領だ。やがて床には何十枚、何百枚と羽が積み上がり、羽毛布団をぶちまけたようになる。

ハタからみると怖いが、生存フラグは真剣そのもの。

明け方近くまで『羽占い』をし……そのまま眠ってしまった。

起きたときは、すでに昼。

身支度を調えて、寮を出て、仮想世界へ通じる扉へ向かう。フラグちゃんは先に中に入っているらしかった。

生存フラグは、急いで扉をあけた。

■犬になったらどうなるのか？

モブ男(お)が、冴(さ)えない表情で道を歩いている。

（今日もこれから、つまらないバイトだ。ああ面倒くさい）

どんよりと溜息(ためいき)をついていると、道路沿いの公園から楽しげな声が聞こえた。

綺麗な女性が、犬とふれ合っている。

「ジョンお手！　……よしよし、偉い偉い」

「いいなぁ」

これは『ペットが飼えていいなぁ』という意味ではない。

「俺も美女に飼われたいなぁ。人間やめてペットになりたい」

「立ちました！」

フラグちゃんが、『死亡』と書かれた手旗を振って現れた。

「『人間やめる』は死亡フラグですよ！」

「確かに『徐々に奇妙な冒険』に出てくるDさんとか死んだけど……あ、師匠」

フラグちゃんの後ろで、恋愛フラグが両手を振っている。

「やっほ～。ちょうど良かった。そんなモブ男くんにうってつけのアイテム、ボク持ってるんだ」

掌をかざすと、空中から小瓶があらわれた。

「これは天界アイテム『メタモルドリンク』。これを飲めば、願った生物に変身……」

「飲みます」

モブ男は一息で飲み干した。

「あー！　スーパーの試食コーナーみたいな軽さで！」

フラグちゃんが悲鳴をあげる間に、モブ男の身体はどんどん変化して……

豆柴になった。

モブ男は己の姿を、ショーウィンドウに映して確認した。

「おー、すげえ可愛いじゃん！　これであとは美女飼い主に拾われれば、人生バラ色」

大興奮してぐるぐる回る。

それを見てフラグちゃんは、引き気味に、

「い、一生、犬として生きていくつもりですか？　モブ男さん」

「うん。だって『お手』をするだけで褒めてもらえるんだよ？　最高じゃないか」

「それでいいんですか、モブ男さんの生き方……」

好きな男の志の低さに、フラグちゃんは頭痛がしてきた。

「よーし、さっそく飼い主探しだ！　お、前方に美女発見、突撃！」

ひどいかけ声とともに、モブ男は美女めがけて突っ走り……抱きつくため跳躍。

すると、たまたま空から舞い降りてきた、生存フラグの胸に飛び込んだ。

「わっ？　なんじゃキサマは」

どうやら生存フラグは、フラグちゃんと恋愛フラグには気付いていないようだ。睡眠不足なのか、目の下に少しクマがある。

己の胸に乗った豆柴に、口元をほころばせる。

「おお、可愛いやつじゃのう」

（ふぉおおお、柔らかい！」

モブ男は転げまわり、豊かな胸を全身で堪能する。

「こら、くすぐったい！　メッ！　じゃ」

（『メッ！』て）

可愛い言葉選びに、モブ男は吹き出しかける。

モブ男は両脇を掴まれ、持ち上げられた。生存フラグの胸の谷間を間近でガン見していると、

「首輪をつけておらん。野良犬ということは、キサマも一人か……」

（『キサマも』って、どういうことだろ）

生存フラグは、自嘲の笑みを浮かべた。

「わしも人付き合いが嫌いで、ずっと一人じゃったんじゃが……最近、その、気になるヤツがいてな」

見たこともないほど、優しい表情で、

「死神なのにお人好しの、妙な奴でな。一緒にいると温かな気持ちになれるんじゃ」

（フラグちゃんのことかな？）

「じゃがどうしても素直になれなくてな。どうしたらアイツと、親しくなれるんじゃろうなぁ」

生存フラグは苦笑する。

「ふふっ、キサマに言ってもわからぬな」

（バリバリわかりますけど!!）

しかし……意外な内面も知ったし、胸の上で転げ回ったりもしたし。

（俺の正体、知られたらやばいぞ）

モブ男が冷や汗をかいていると。

「せーちゃん。その犬、天界アイテムで変身したモブ男くんだよ？」

（師匠――!!）

恋愛フラグがあっさり暴露した。いつのまにか、フラグちゃんと共に近づいていたらしい。

「なに!?　こやつがモブ男!?」

モブ男を取り落とす生存フラグ。

その顔が真っ赤に染まっていき、

「と、ということは、わしはモブ男に『メッ』とか言ったり、胸を触られたり、恥ずかしい悩み相談を……」

フラグちゃんが、おずおずと言った。

「あの、さっきのお言葉、嬉しかったです」

「き、聞いとったのか。ふん。あれは気の迷いというもので……」

またしても意地をはる生存フラグ。

モブ男は、からかうように言った。

「素直にならなきゃ『メッ』だよ」

「～～～～～～!!」

生存フラグが、修羅の形相で追いかけてきた。

モブ男が必死に逃げ、民家の庭に迷い込んだ時……

花壇の手入れをしている、若い美女と目があった。

「まあ、迷い犬かしら？」

女性はモブ男に、首輪がついていないことを確認し、

「私、モテ美っていうの。よかったら、うちに泊まる？」

（よろしくお願いします！）

モブ男は仰向けになり、服従を示した。モテ美に腹を撫でられて恍惚の声を漏らす。

フラグちゃんは頬を膨らませた。

「むむ、モブ男さんったら、きれいな人にまたデレデレして……」

だがなぜか生存フラグは、ニヤリと笑っている。

「その女に飼われるがいい。生存フラグじゃ」

美女に養(やしな)われる

それからモブ男(お)は、モテ美(み)の家で数日過ごした。

モテ美は優しい心の持ち主で、ブラッシングや餌など、甲斐甲斐(かいがい)しくモブ男の世話をしてくれた。

そして数日後の朝……モテ美がこう言った。

「今日は、二人でお出かけしましょうね」

(わーい！　デートだ！)

キャリーバッグに入れられ、モテ美とタクシーに乗るモブ男。

(どこ行くんだろ。公園かな。モテ美ちゃんの顔面ペロペロして、汗をかいたら一緒に風呂(ふろ)に入って……デュフフ……)

ゲスな期待を膨らませる。

タクシーは、小綺麗(こぎれい)な建物の駐車場に止まった。モブ男が看板を見ると、

(動物病院？　俺どこも悪くないぞ。予防接種かなんかかな？)

待合室で待機したのち、診察室へ運ばれた。モテ美(み)が獣医に頭を下げる。

「先生、今日はよろしくお願いいたします」

「ええ、お任せください。とどこおりなく去勢してみせますよ」

去勢。

その言葉に、モブ男は血の気が引いた。

(去勢ってあれだよね。玉をとる……いやぁあああ!!)

大暴れするモブ男。キャリーケースがぐらぐら揺れた。

その時とつぜん、生存フラグが現れた。どうやらモテ美や獣医には見えないようにしているらしい。

「生存フラグさん、助けて!」

「モブ男よ。去勢は犬にとっては生存フラグ。様々なメリットがあるのじゃ」

生存フラグは指を三本立てて、

「発情の抑制(よくせい)、病気の予防、そしてわしの胸に触りまくったキサマへの制裁」

「最後のは、生存フラグさんのメリット!」

キャリーケースの入口が開かれ、獣医の手が入り込んでくる。

暴れるモブ男だが、小型犬の悲しさ。たやすく抑えられ、注射針を差し込まれ……眠ってしまった。

起きたとき、モブ男のアレは切り取られていた。彼はさめざめと泣いた。

（き、切り替えよう。俺には、モテ美ちゃんとのイチャイチャ生活が待ってるんだから……）

だが。

退院の日、なぜかモテ美と一緒に——見しらぬ小汚いおじさんもいた。

モテ美は笑顔で涙ぐみ、

「私は、飼い主が見つかるまでの里親をしてるの。この人と、幸せに暮らしてね」

モブ男に、おじさんが頬ずりしてきた。

「おお、なんて可愛いんだ。毎日散歩に連れてってやるからな」

（……）

おじさんに、リードを付けられ散歩させられる。かなり辛い。

「一緒に風呂も入ろうな。餌は俺の残飯を食わせてやるぞ、栄養たっぷりだから」

（いやぁあああああ!!）

そしてモブ男はおじさんの飼い犬となり、天寿を全うすることになる。

フラグちゃん、生存フラグ、恋愛フラグは扉を通り、天界に戻った。

生存フラグは、フラグちゃんを見下ろして、

「№２６９。キサマは死亡フラグを回収できなかった。わしの勝ちじゃな」

「さすがです、生存フラグさん……」

肩を落とすフラグちゃん。

恋愛フラグが、いたずらっぽく笑う。

「モブ男くん、去勢されちゃったのは可哀想だけどね～」

ぐっ、と生存フラグは言葉につまった。

（確かに、少しやりすぎじゃったかもしれん……わしが仮想世界で修行している理由は、優しくなるためなのに）

うつむく生存フラグに、フラグちゃんが思い切った様子で、

「あ、あのっ、元気出してください」

「……ほっとけ」

「ほ、ほっとけないです——お友達ですから！」

生存フラグは弾かれたように、フラグちゃんを見つめた。

「私も生存フラグさんと、もっと親しくなりたいと思っていました。二人が同じ気持ちなら、私達はもうお友達だと思います」

「……！」

生存フラグの胸に、いままで味わったことのない、幸せな気持ちが広がった。

「そ、そうか……そうか」

　ゆるみかけた口元を、咳払いしてごまかし、

「ところで友人って、何をするものなのじゃ？」

「一緒に遊びに行くとか……」

「なるほど。で、では、こんど服でも買いに行かんか？　わしの行きつけの服屋があるんじゃ」

「……」

　フラグちゃんは、生存フラグの全身をまじまじと見つめた。

（その店で、私も包帯を買って、身体に巻き付けるのでしょうか）

　かなり恥ずかしい。そもそもその店は、服屋というより包帯屋ではなかろうか。

「……いえ、遠慮しておきます……大丈夫です」

（こ、断られた）

　生存フラグはショックを受け、唇を引き結んだ。

　フラグちゃんは、慌てて代案を出す。

「じゃ、じゃあ私の大好物の、スイーツの食べ放題に行くのはどうです？」

「……わしは節制のため、スイーツは食わん。鶏の胸肉か、ささみか、プロテインの食べ放題なら行くがが」

「「……」」

いまいち噛み合わない。

そもそもフラグちゃんも、友達がいないボッチだった。なので誘うのは苦手である。

やや気まずい雰囲気の中……

珍しく、恋愛フラグが助け船を出した。

「今度の休日、三人でどこか遊びに行かない？　ボク、みんなが楽しめそうな場所考えておくから」

「あ、いいですね」

フラグちゃんのような遊び慣れていない者は、誰かに行き先を決めてもらう方が楽だったりする。

生存フラグも、異存はないようだ。

恋愛フラグが二人を抱き寄せ、スマホで自撮りする。

「よし出かけるの決まり！　ボクたち、ずっと友達だよね！」

「キサマは『友達の友達』じゃ」

「え〜〜〜！　ひっど〜〜〜い！」

唇をとがらせる恋愛フラグ。

フラグちゃんは幸せそうに笑っている。ずっと落ちこぼれ扱いされ、ひとりぼっちだった。友達がで きたのが、嬉しくてたまらない。

恋愛フラグが三人のグループＬＡＮＥを作り、先程の写真をアップした。

それをフラグちゃんは早速待ち受け画面にして、口元をゆるめた。

そんな三人を柱の陰から見つめていた神様が、満足そうにうなずく。

「うんうん、よかったよかった」

ずっと一人だった生存フラグとフラグちゃんが、友人同士になれたことは喜ばしい。

それに生存フラグにとって、大切な存在ができたことが、課題である『優しくなる』キッカケになるかも。

（よし、友達になったお祝いに……次の仮想世界くらいは、№11と№２６９が競い合うことなく、二人とも勝つ世界にしようかな？）

今は友達になったばかりで、少しデリケートな時期。

（№11が勝ってまたマウントを取ったら、仲違いのもとになるかもしれないし）

神様はキーボードを叩き、設定を行う。

その仮想世界へ、翌日フラグちゃんと生存フラグが入っていった。

スケスケにする光線を発見したらどうなるのか？

19世紀のドイツ。

一人の男が研究室にこもり、一心不乱に実験をしていた。

（俺の名はモブ男。俺が研究しているのは……女性の服を透かして見る装置だ！）


「立ちました」「立ったぞ？」


フラグちゃんと、生存フラグが現れた。

「あれ？　フラグちゃんだけじゃなく、生存フラグさんまで？　どうしたの？」

「死亡フラグだけでなく、生存フラグも立ったということじゃ……かなり珍しいパターンじゃな」

今までにない事態に、モブ男は困惑したが。

「まあいいや、ちょっとこの実験を見てよ！」

自慢げに机を指さす。そこにあるのは、内部に電極が入ったガラス管——真空管だ。

それに、すっぽりと箱を被せる。

続いて部屋を暗くして、真空管に電流を流すと……

壁の一部が、明るく照らされた。

「不思議だろう？　真空管から出た謎の光が、箱を透過(とうか)して、壁を照らしている。それだけじゃなく……」

モブ男(お)は『謎の光』に手をかざす。すると壁に映った手の影に、骨の形が克明にあらわれた。

「ほら、骨が透けて見える！」

「すごいじゃないですか」

「ああ。でも……まだ研究は、道半(なか)ばだ」

モブ男は夢見る瞳で、

「骨なんか見ても、嬉(うれ)しくもなんともない。俺の夢は『美女が裸に見える光』を出すことなんだ」

「よくそんな真(ま)っ直(す)ぐな目で、ゲスいことが言えますね」

……だが、この『スケスケ光線』の開発自体が死亡フラグなのだ。

それを案じたフラグちゃんは、この光線の危険性について、説明する。

だが肉欲にとらわれたモブ男は、当然聞き入れなかった。

■名声が高まる

『スケスケ光線』を開発したモブ男の名声は高まった。

次々に客が訪れ、医療分野や、手荷物の検査などへの応用を打診してくる。

いずれもビッグビジネスに繋がるものだが、モブ男は無視し続けた。

「女性の服をスケスケにする。それ以外は全て雑音だ」

「無駄な意志の強さ……で『スケスケ光線』の研究は進歩したんですか？」

「色々実験した結果、鉛が『スケスケ光線』を遮断するとわかった。あとは——これを見てくれ」

モブ男は机に瓶を置いた。

中には白っぽい、軟膏のようなものが入っている。

「ワセリンと石灰を混合した、造影剤というものだよ」

「？」

「これを塗ると、その部分が透けなくなるんだ」

モブ男は鼻の下を伸ばして、瓶を見つめる。

「つまり——これを女性に全身に塗ってもらい、スケスケ光線を当てれば、服を透かして裸が見れるんだよ。俺は野望に一歩近づいた」

フラグちゃんは少し考えてから、

「で、どうやってそれを女性の全身に塗ってもらうんですか」

「まずデートから始めて……」

「普通にお付き合いしてるじゃないですか！」

スケスケ光線を使うまでもあるまい。

「だから、研究はまだ道半ばなんだよ。光に当てるだけでスケスケにできるよう、頑張るぞ～」

フラグちゃんは再び止めたが、モブ男は無視。更に研究に没頭した。

そして、約十年後……

モブ男はベッドに臥せっていた。傍らにはフラグちゃん、生存フラグもいる。

「やあ二人とも……どうやら末期ガンみたいでね。手の施しようがないらしい」

フラグちゃんは眉を伏せて、

「何度も忠告したじゃないですか。モブ男さんが見つけた『スケスケ光線』は、いわゆるX線。放射線の一種であるため、長年浴び続ければ様々な健康被害を起こします」

現実世界におけるX線の発明者ヴィルヘルム・レントゲンも、放射線によるガンで亡くなっている。

「本当だったんだね……でも、どうして生存フラグも立ったの？」

「X線の発明は、医学を格段に進歩させる。それに『鉛はX線を防ぐ』『造影剤』も、大きな発見じゃ」

現実世界では現在、X線で撮影する時は鉛のエプロンを使う。

造影剤により、血管や内臓のレントゲン撮影も可能になっている。

「発明者の功績は永遠に語り継がれるじゃろう。ある意味、永遠の命じゃ」

「医学に多大な貢献……それはよかった」

微笑むモブ男に、生存フラグは少し感心した。

（なかなか殊勝なことを言うではないか。死亡フラグが惚れるのも、少しはわかるかも……）

「でもそれはそれとして、やっぱり女性をスケスケにさせたかったな」

「ブレんなキサマは」

生存フラグは、珍しく微かに笑った。

一方フラグちゃんは、真っ赤になってうつむいている。そして勇気を振り絞るように、

「あ、あのっ。よければ私が、X線を浴びてスケスケになりましょうか？」

「キサマ、何を言っとるんじゃ？」

「だってこのままじゃ、あまりに気の毒ですよ。死神の私なら、X線を浴びても大丈夫ですし」

モブ男は感動した。

「君は何て優しいんだ……本当にありがとう！」

フラグちゃんは隣の部屋に行き、服を脱ぎ、全身に造影剤を塗る。

再びTシャツなどを着て戻り、部屋を暗くする。そしてX線を浴びると……

壁にフラグちゃんのスケスケ姿が映った。みごとに服が透け、白くぼんやりとした体のラインがみえる。

フラグちゃんは目をぎゅっと閉じ、耳まで赤くして、

（は、恥ずかしいですっ。でもモブ男さんが、少しでも元気をだしてくれるなら……）

「……なんか微妙。エロ本の方が興奮するな」

「んが――――!!」

フラグちゃんはキレた。

そして間もなく、この仮想世界のモブ男は息を引き取った。

生涯を研究に捧げ、美少女と美女に看取られたなら、ある意味幸福だったかもしれない。


フラグちゃんと生存フラグは、仮想世界から天界へと戻った。

「今回は、初めての引き分けですね。死亡フラグと生存フラグが同時に立つなんて」

「うむ。珍しいこともあるものじゃ」

それが神様の計らいであることは、二人は知る由もない。

次の仮想世界からは再び、フラグちゃんと生存フラグの勝負の場となるだろう。

恋愛フラグが、スキップのような足取りで近づいてくる。

「やっほ～、二人とも」

「あ、お疲れ様です」

「明日の仮想世界での修行は、ボクも参加するよ。三人で頑張ろうね！」

えいえいおー、と拳を突き上げる恋愛フラグ。

（ふふふ。明後日は休日だしね。その前にモブ男くんというオモチャで、たっぷり遊んでおこっと）

⚑海がなくなったらどうなるのか？

　モブ男がひとり、海を見ていた。

（俺の名はモブ男。さきほど彼女のモブ美に別れを告げられた）

そして両手をメガホンのようにして、叫ぶ。

「海のバカヤロー！」


「立ちました！」


「やあフラグちゃん……それに師匠」

フラグちゃんが『死亡』の手旗をかざして現れた。その隣では恋愛フラグが手を振っている。

「母なる海を罵倒するなんて、バチが当たりますよ」

「だって、海のせいで俺フラれたんだよ。モブ美と浜辺で散歩してたんだけど、ムラムラしてきて、岩場の陰に連れ込んだらビンタされたんだ」

「言いがかりにも程があります」

海に入ってすらいない。

いっぽう恋愛フラグは、わざとらしく目頭をおさえて、

「なんて可哀想なモブ男くん！　よかったら、これ使ってみる？」

ポケットから『消す消すボタン』を出した。以前に二酸化炭素を消した時にも使ったものだ。

モブ男は今回も迷わず押し、叫んだ。

「海の水よ消えろ！」

すると……

海の水が、綺麗さっぱり消えてしまった。

「ははは！　ざまーみろ、海ー！」

「どうなっても知りませんからね」

フラグちゃんは憂い顔だ。

対照的にニヤリと笑う恋愛フラグ。これからの展開が楽しみでたまらない様子。

そして彼女はひとり、天界へ戻っていった。高みの見物をするらしい。

▶日常に影響が表れる

数日後。

モブ男は珍しくパチンコに勝ったので、回転寿司にやってきた。フラグちゃんもついてくる。

「回転寿司も久しぶりだなあ……って、あれ？」

違和感を覚える。寿司を運ぶベルトコンベアの上が、スカスカだ。席についてタブレットを見ても、ネタの種類が驚くほど少ない。

「なんだこりゃ」

「当たり前ですよ。海がなくなるということは、海産物が消えるってことです」

「ああ、そうか……海苔がないから、軍艦巻きもない」

「いなり寿司ならありますよ。あとかんぴょう巻きにカッパ巻き……海苔なしですけど」

モブ男は仕方なく、いなり寿司と味噌汁だけ注文する。

「いただきまーす……あれ、なんだこの味噌汁？　しょっぱいだけだぞ」

「お出汁に必要な、昆布や鰹節もなくなっていますからね。日本の味覚には致命的です。まったく、食べるものがなくて困りますよね」

そう言いつつも、フラグちゃんは大好物のスイーツを猛烈な勢いで食べている。

頬に掌を当て、幸せいっぱいな顔。

だがモブ男の視線に気付くと、表情をひきしめ、

「わ、わかりましたか？　海がなくなることは大問題なんです。お寿司ひとつとっても、これほどの弊害が……」

「ス○ローの開発陣なら、海産物なしでもいずれ美味しいもの作ってくれるよ」

「ス○ローへの信頼感！　確かに凄いですけど」

モブ男は楽観視したが、もちろん問題が回転寿司に留まるはずもない。

帰宅後、モブ男は手を洗うべく蛇口をひねった。

だが……水が出てこない。

怪訝に思うモブ男に、フラグちゃんはスマホを見ながら言った。

「市のサイトを見ると、いま断水中のようですね。海水がなくなった今、水は貴重品ですから」

「なんで？　水道水って、海水を浄化したものじゃないだろ」

「ええ。主に川の水に、濾過などの処理を施したものです――ですが、川の水はどこから来ていますか？」

「雨とか……」

フラグちゃんは頷いた。ペンをとり、チラシの裏に川や雲などを書き始める。可愛らしい絵柄だ。

「雨は雨雲から来ます。雨雲を作るのは水蒸気です。ここまで言えばわかりますね？」

「フラグちゃんが博識だってことが？」

「えへへ……って、違います！　海がなくなったから水蒸気が激減し、地球全体が、極端な雨不足になったんです」

フラグちゃんはテレビをつけ、ニュースにチャンネルを合わせた。

激変した日常が報じられている。

『各家庭で、井戸を掘る人々が続出しています』

『海底だった場所を、工場用地とするための調査が――』

「うーむ、なんという環境の変化……でも、適応する努力をしないとね。変化を嘆いても仕方ない」

「元凶が何をほざきますか」


「立ったぞ?」


白い翼をはためかせ、生存フラグが現れた。

「混乱した世界でも、強く生きていこうという意思を持つものは、なんだかんだで生き残るものじゃ」

そしてモブ男へ、小さな包みを差し出す。

「なにこれ?　日頃の感謝の気持ち?」

「脳が腐乱しとるのか？　これは№51――恋愛フラグからの差し入れじゃ。『いざという時に開けてみてね』だそうじゃ」

「へー、開けるの楽しみだ」

「よくヤツからの贈り物を、楽しみにできるな……!?」

恋愛フラグの道具で、今こんな事態になっているのだが。

フラグちゃんが、包みを興味深そうに見ながら、

「で、モブ男さん。『環境の変化に適応する』って、具体的にどうするんですか？」

「いま海がないわけだから、地球上は全て地続きなんだよね？」

「はい」

「自転車でアメリカに行こうと思うんだ。かつてない挑戦を動画にしてバズらせる。大儲けな上、モテモテになれるに違いない」

フラグちゃんは鎌を磨き始めた。

⚑冒険に出る

モブ男は貯金をはたいて、旅の準備を整えた。

自転車に食料や水、テントなどを積載する。

そして――千葉県の房総半島の東端から、アメリカへ出発。

かつての海底を自転車で進む。むろん舗装されておらずデコボコしていて、アップダウンも激しい。ペースが全く上がらないので、フラグちゃんと生存フラグも歩いてついて行けるほどだ。

だが、何より大変なのは。

「ものすごい臭いだ」

辺り一面、大小さまざまな魚介類の死骸だらけ。頭が痛くなるほどの腐臭を放っている。

それに……

「フラグちゃん、なんかすごく暑いね。まだ六月上旬なのに」

「今の気温は……ええと、46℃です」

「ええ!?」

「海水は地球の温度調節もしていたんです。水は温まりにくく冷めにくい。それと逆で、地面は温まりやすく冷めやすい。いま、かつて海底だった所が太陽に熱されているから、地球全体が非常に暑くなっています」

フラグちゃんは腐臭に鼻を押さえながら、説明を続ける。

「それに、かつての海底からメタンが大気へ直接放出されています。メタンは温室効果ガスとして二酸化炭素の25倍もの効果。それも気温上昇に拍車をかけているんでしょう」

「ひええ、予想以上に過酷な旅になりそうだ」

「更に追い打ちをかけますが――このまま真っすぐ東に向かっても、アメリカには着きませんよ」

「なんで？　世界地図によれば……」

「その地図には海底の地形は載ってないでしょう？　この先には日本海溝があります。平均深度は約八千メートル。自転車で越えるのは不可能です」

「仕方ない。遠回りするか……」

「わかりました。では北に六百キロか、南に二百キロ進んでください」

「回り道の距離じゃない！」

日本海溝の長さは約八百キロなので、仕方ない。

モブ男はやむなく南へ進み始めた。道のりはきついが、楽しいこともある。

海底特有の複雑な地形や、遙か彼方で巨大な海底火山が火を噴く姿。まるで違う惑星を旅しているようだ。

テンションが上がってきたモブ男は、大陸棚から一気に自転車で走り下りる。

「ひゃっほー！」

「モブ男さん、慎重に進まないと危ないですよ！」

先をいくモブ男に、声をかけるフラグちゃん。

生存フラグはその傍らで、肩をすくめた。

「またキサマは、人の心配ばかりしておるな。さっきの海溝のくだりも、黙っておればモブ男が落ちて、死亡フラグを回収できたかもしれんのに」

フラグちゃんは大きな目を瞬かせた。いま気付いたらしい。

だが強がって、薄い胸を張る。

「ふ、ふふーん！　ハンデですよ。少しくらい死亡フラグを折っても、私は生存フラグさんに勝……」

「なるほど。確かに今、モブ男は死にそうになっておるな」

「ええ!?　あ、倒れてる！」

三百メートルほど先で、モブ男は自転車ごと倒れこみ、なぜか苦しそうに喉をおさえていた。

フラグちゃんは強がっていたのも忘れ、駆けだした。生存フラグもついていく。

「ど、どうしたんでしょう？」

「もしやあの一帯、メタンが噴出しておるのか？　そのため呼吸が出来なくなったのではないか？」

生存フラグやフラグちゃんは、超常の存在であるため影響はない。だがモブ男は酸欠で死亡するだろう。

「このままじゃ間に合いません」

声を震わせるフラグちゃん。

そのときモブ男が、気力を振り絞った様子で——倒れた自転車の荷台から、包みを取り出した。

（あれは、№51が与えたアイテムじゃな）

『いざという時に開けてみてね』と言っていたものだ。使うなら今しかない。

モブ男が包みを破ると、現れたのは……

『メタモルドリンク』。

モブ男が犬になった時も飲んだ、天界アイテムだ。任意の生物に変化することができる。

「モブ男、それを飲んで変身するんじゃ」

生存フラグは叫んだが、フラグちゃんが涙目で、

「で、でもほとんどの生物は、メタンによる呼吸困難で死んでしまいます」

「むむむ……」

このままモブ男が死んだら、生存フラグとして敗北だ。

（それに死亡フラグのヤツが、悲しむかもしれんしな）

生存フラグは思案の末——叫んだ。

「『嫌気的メタン酸化アーキア』になれ！」


「なにそれ⁉」

モブ男がかすれた声で尋ねてきた。

だがもう、説明する時間もない。モブ男は『メタモルドリンク』を一気飲みした。

すると、どんどん……一ミクロン（一ミリの千分の一）ほどに身体が縮み、カイコの繭のような形の生物になった。

「おれ一体、何になったの⁉」

犬のときと同様、いちおう会話はできるらしい。

生存フラグは、モブ男の傍にたどりつき、

「メタンでも生きていける微生物じゃ。よかったな」

「よかったとは思えないんですけど」

「なにをいう。嫌気的メタン酸化アーキアは、メタンを分解し、地球温暖化をおさえる微生物。キサマが人間だった時より役立つ」

「俺、微生物以下だったの⁉」

海をなくしたので、むしろ害のほうが多かったといえる。

遅れて到着したフラグちゃんが、ひきつった笑顔で、

「モブ男さん、命が助かってよかったです……?」


「「疑問形じゃないか」」


「モ、モブ男さんのツッコミが、二重に聞こえるんですが」

「増殖し始めたからじゃろうな」

「ええ……?」

「嫌気的メタン酸化アーキアは『古細菌』というカテゴリに属す微生物で、倍々で増えていくのじゃ。モブ男よ、キサマはあっというまに何万、何十万にも増えるぞ」


「「「「「「「「「へー」」」」」」」」」


「うわぁあああ気持ち悪い!!」

モブ男の声に、何重ものエコーがかかって聞こえる。悪夢の中にいるようだ。

生存フラグは鼻を鳴らし、フラグちゃんを見下ろす。

「ともあれ、モブ男は増殖して生き続ける。わしの勝ちじゃな」

「私また、死亡フラグを回収できなかったんですね……」

肩を落とすフラグちゃんに、数万のモブ男(お)が声をかける。

「元気出してフラグちゃん」「いつも君は一生懸命で、頑張ってるよ」「メタンうめえ」「メタンうめえ」「メタンうめえ」「メタンうめえ」……

「あ、ありがとうございますモブ男さん。私そっちのけでメタンに夢中なのも沢山いるみたいですけど……」

「ああ。俺はこの世界に適応する、究極の進化をなしとげたんだ。満足だよ」

モブ男の一つが、ラスボスのような事を言う。

彼らを残し、フラグちゃんと生存フラグは天界へ戻ることにした。

モブ男は倍々ゲームで増えていき、延々とメタンを酸素に変えていく。たしかに人間の時より役立っているかもしれない。

■飲み会

扉を通って天界へ戻ると、恋愛フラグと神様がいた。

恋愛フラグは満面の笑みだ。心なしか、肌がいつも以上につやつやしている。

「やっぱりモブ男くんは面白いねー。まさか何億何兆の微生物になるなんて、ボクの予想を超えてくるよ」

出来の良いオモチャに大満足の様子だ。

続いて神様が、皆をねぎらう。

「みんな、修行お疲れ様……ところで明日は休日だし、これから飲み会をしないかい？」

「いいね～！　みんな行こうよ！」

膨らんだ胸の前で、両手を合わせる恋愛フラグ。

生存フラグは鼻を鳴らした。

「なんでキサマらと酒を飲まねばならんのだ。わしは部屋に帰るぞ」

恋愛フラグが、挑発的に笑う。

「せーちゃん、もしかしてお酒のめないとか？」

「はぁ？　そんな事いっとらんじゃろうが」

「またまたぁ～。下戸（げこ）なら無理しなくていいんだよ」

「……ふん、シャクじゃが、わしの酒の強さを証明してやるか。神よ、会場に案内しろ」

不機嫌そうな生存フラグを、フラグちゃんはまじまじ見つめた。

「なんじゃ。言いたい事があるならハッキリ言え」

「私と同様に、恋愛フラグさんの掌の上で転がされてたなーって思いました」

「やかましいわ」

言われた通りハッキリ言ったのに、フラグちゃんは軽くチョップされた。

「いたた。でもお友達と飲み会なんて初めてなので、とっても嬉しいです」

「そ、そうか…………そうか」

その言葉に、まんざらでもなさそうな生存フラグだった。

⚑

神様が三人を案内したのは、宮殿内のバーだった。

かなり本格的だ。木製のカウンターがあり、棚には高級そうな酒瓶が並んでいる。店員はおらず、皆で好きなように飲んでいく形のようだ。

神様が自慢げに、

「天界の面々をねぎらうために、僕が作ったんだよ」

「え！　神様みずからですか」

神様はカウンターに両手をつき、暗い目で、

「今まで……誰も僕の誘いに乗ってくれなかった。だから今まで一度も使われたことがないんだ。本当に、来てくれてありがとう……!!」

「感謝が重すぎです……」

フラグちゃんは切なくなり、そっと神様の背を撫でた。

恋愛フラグはカウンターの中に入り、酒瓶を眺める。

「ところでみんなは、『カクテル言葉』って知ってる？」

「花言葉みたいなものですか？」

「そうだよ。カシスソーダは『貴方は魅力的』。モヒートは『心の渇きを癒やして』とかね……私が皆にぴったりな、カクテルを作ってあげる」

恋愛フラグはシェイカーをとり、そこにリキュールやレモン果汁などを入れて軽やかに振る。バーテンダー顔負けの手つきだ。

そしてフラグちゃんの前に、琥珀色のカクテルを差し出す。

「カカオフィズだよ」

「あ、おいしい……このカクテル言葉は何ですか？」

「『恋する胸の痛み』だね」

「！」

「あはは、赤くなって可愛い～……じゃあ次は」

恋愛フラグは、神様の前に黄金色のカクテルを置く。

「神様にはスティンガー。カクテル言葉は『危険な香り』」

「ふふふ、君も大人の魅力がわかってきたのかい？」

「ううん、おじさんの危険な香りって意味だよ」

「え、加齢臭ってこと⁉」

神様は慌てて己の匂いを嗅ぎ始めた。「冗談冗談～」と、恋愛フラグがフォローする。

和気藹々とする三人をよそに、生存フラグは所在なげに折り紙をしている。会話に混じれないためか、ほんの少し寂しそうだ。

それを察したように、恋愛フラグがカクテルグラスを差し出す。

「はい、せーちゃんにはピンクレディ」

「う、うむ……ぜんぜん興味はないが、カクテル言葉は？」

「『オークに捕らえられたら〝くっ殺せ〟と言いそう』だね」

「嘘つけキサマ⁉」

正しくは『いつも美しく』である。

「全くふざけた奴。これを飲んだらわしは帰……ふみゃあ……」

生存フラグは、カクテルを一口飲んでカウンターに突っ伏した。あどけない顔で寝息を立てている。

その頬を、恋愛フラグがつついて、

「せーちゃん、滅茶苦茶弱いじゃん。ますます漂う、即堕ち女騎士感」

「あはは……そういえば恋愛フラグさんは、何を飲んでるんですか？」

「カルーアミルクだよ。カクテル言葉は『いたずら好き』だね☆」

なんだかんだで、飲み会は盛り上がっている。

幹事である神様は、嬉しそうだった。

「みんな、いい酒もばんばん飲んでいいからね」

見た目が遊び人風なので、女子三人にパパ活されているおじさんに見えなくもないが。

泥酔

楽しい時間は過ぎていく。

フラグちゃんは既に五杯のカクテルを空けている。金色の瞳をとろんとさせながら、甘ったるい声で、

「うう～、酔っぱらっひゃいました。恋愛フラグさんは酔ってないんれすか？」

「大丈夫だよ。それに酔っぱらったしーちゃん可愛い」

恋愛フラグは、フラグちゃんを抱きしめる。

「恋愛フラグさんのほうが可愛いれすよ。だって私より……胸も……あれ？」

フラグちゃんは、恋愛フラグの膨らんだ胸元を触った。どうも感触が不自然というか、人工的なのだ。

「これ、もしかして」

「……あまりそこは、つっこまないでくれると嬉しいかな？」

言葉に込められた殺気に、フラグちゃんは深追いするのをやめた。

その時「ううう」という泣き声が聞こえてきた。なんと生存フラグである。

「わしは……わしは……ほんとうはダメな天使なんじゃぁあ〜〜〜」

普段からは考えられない声量で、おいおい泣く。どうやら泣き上戸(じょうご)のようだ。

過去を悔やむ罪人のように、両手で頭を抱える。

「本当は酷(ひど)い事なんか言いたくないのに、素直になれず、いつも憎まれ口ばかり」

フラグちゃんが抱きしめ、背中をぽんぽんした。

「大丈夫れすよ。生存フラグさんは優しい人だって、私わかってます」

「本当か？　キサマ、わしの事が好きか？」

「もちろんれす」

「もっと好きだと言ってくれ。わしの全てを肯定してくれ」

めんどくさい彼女のようになる生存フラグ。

それを恋愛フラグはスマホで撮影しながら、

（……ふふふ、みんな理性が飛んできた。このへんで探りを入れたら、面白い本音が聞けそう）

何気ないふりをして、尋ねる。

「ところでさー……二人は、モブ男くんのことどう思ってるの？」

「いつもいつもモブ美さんばかりで、正直、腹がたちます」

「どうして？」

「だって、だってわたしは、前も言ったとおり、モブ男さんのことが……」

「わしだってモブ男が気になっておる」

意外な発言をしたのは、生存フラグである。フラグちゃんは目を見張り、神様と恋愛フラグは驚いた。

「ええ!?　せーちゃん本気!?」

「まあ変な奴じゃが、あやつといると退屈しないことは確かじゃ」

（ふぅん、まだ好きとかじゃないみたいだけど……ますます面白くなってきたね）

にんまりする恋愛フラグ。

フラグちゃんが頰を思い切り膨らませて、

「むむむぅ〰〰!? ライバル出現れすか!? ちなみに、恋愛フラグさんはどうなんれすか！」

「むううう！ こうなったらモブ男しゃんに決めてもらいましょう。この中で誰が一番なのかを！」

「僕もモブ男くんは好きだよ～？ オモチャとしてね？」

神様がグラスを傾けながら、

「じゃあ仮想世界に行っておいで。僕はもう少し飲んでいるから」

「了解でありましゅ！」

フラグちゃんは敬礼した。バーを出て、仮想世界へ繫がる扉へ向かう。

女子三人は肩を組んでいる。ほとんど二次会へ行くノリである。

▶

仮想世界。

夜にモブ男がアパートで一人、スマホゲーをダラダラしていると……

いきなり扉が現れ、フラグちゃん、生存フラグ、恋愛フラグがなだれ込んできた。

フラグちゃんが、焦点のさだまらない目で、

「ひっく、こんばんわ、モブ男しゃん！」

「酔っぱらってるのフラグちゃん……君たちが来たって事は、俺また何か、フラグ立てた？」

恋愛フラグが両手を合わせ、ウインクする。

「ごめんね～モブ男くん。今日はフラグ回収じゃなくて、聞きたい事があってさ」

「そうですモブ男しゃん！　この三人の中で誰が一番れすか？　私れすよね？」

一方、生存フラグは床を指で撫でながら、死んだ目で、

「どうせ、わしがビリなんじゃ……」

状況がわからないモブ男だが、少し考えたあと、

「そりゃ一番は生存フラグさんだろ。あとの二人は同列」

生存フラグはご機嫌になり、折り紙をはじめた。

一方フラグちゃんは、酔いが一気に冷めた。目の奥が少し熱い。

「えっ……モブ男さんは、生存フラグさんが好きということですか？」

「好き？　胸のサイズの話じゃなくて？」

部屋に沈黙が訪れた。

恋愛フラグが、不気味なほど平坦な声で尋ねる。

「モブ男くん……どうして私としーちゃんが、『同列』なのかなぁ？」

「俺にはわかるのさ。恋愛フラグさんの胸の膨らみは不自然……」

モブ男は言葉を止めた。恋愛フラグは笑顔だが、目の奥には恐ろしいほどの闇がある。

気付くといつの間にか土下座していた。

「どうかお許しを」

フラグちゃんは胸を撫で下ろす。

「よかった……」

「俺が土下座してよかったって、どういう事？」

フラグちゃんが『よかった』と思ったのは、そこではない。


モブ男も加えて、飲み会が再開した。

生存フラグは折り紙で色々なものを作っては、フラグちゃんに見せている。

「ほらほら、グリフォンなのじゃ」

「わぁ、すごいですね」

フラグちゃんに頭を撫でられ、笑う生存フラグ。無垢な子供のようだ。

そしてモブ男は、恋愛フラグにお酌されて飲み始める。あっという間に酔いが回り、愚痴り始めた。

「んぐ、んぐ……なんだよ『モブ男』ってよぉ！　投げやりな名前つけやがって。こんど親に会ったら、文句言ってやる」

（モブ男さんの産みの親って……神様ですよね）

そう思ったフラグちゃんは、モブ男に告げる。

「では私から、伝えておきましょうか？」

「へ？　なんでフラグちゃんが」

「そ、それはその……」

フラグちゃんは目を泳がせつつ、

「モブ男さんの産みの親と、よく一緒にいるので」

「俺の親、死亡フラグ立ってるの!?」

不吉な誤解をするモブ男。

心配いらないです、とフォローするフラグちゃん。その膝で、生存フラグは安らかに寝息を立てはじめた。

恋愛フラグがグラスを傾けながら、

「賑やかだね。少し前までは、しーちゃんやせーちゃんと喋ることも殆どなかったのに、なんか不思議」

「ええ」

フラグちゃんは微笑し、生存フラグの青い髪を愛おしげに撫でた。

(少し前まで私は……一人ぼっちで、落ちこぼれなことに悩んでばかりでした)

でも今は、神様という理解者、生存フラグに恋愛フラグという友人、それにモブ男もいる。

「いつまでも、こんな日常が続けばいいなと思います」

「……しーちゃん、それフラグな気がするよ」

確かに『平穏な日常が終わる』時に言いそうなフラグだ。

(そうなれば、面白いけどね)

そんな恋愛フラグの期待は、早くも翌日に叶えられることになる。

五話　死神と天使の休日はどうなるのか

飲み会の翌朝——天界の休日。

生存フラグは、頭痛をこらえながら宮殿の廊下を歩いていた。軽い二日酔いである。飲み会の記憶が、一杯目を飲んだ時から全くない。

（何か変なことを口走ったりしなかったじゃろうか。いや、わしに限ってそんな醜態……）

「おはよう、せーちゃん！　昨日は、はっちゃけてたね！」

後ろから肩を叩いたのは、恋愛フラグだ。

「は、はっちゃけてた……じゃと？」

「そりゃもう。しーちゃんに『わしのこと好きか？』とか『モブ男が気になっとるんじゃ』なんて言ったり」

徐々に、飲み会の光景が蘇ってきた。恋愛フラグが言った事だけではなく、いじけたり、フラグちゃんに膝枕もされたり……思い出す程にどんどん顔が赤くなっていく。

震える声で、言い逃れする。

「き、記憶にない」

「そう言うと思って、このスマホでしっかり録画しておいたよ～」

一度『記憶にない』と言わせてから、証拠を出す。週○文春なみの追い詰め方である。

恋愛フラグのスマホには、『わしはダメな生存フラグなんじゃ～』とおいおい泣く動画が表示されて……

「キサマ消すのじゃ！」

生存フラグは、恋愛フラグを追いかけまわす。そこへフラグちゃんがやってきた。

「おはようございます。今日も仲良しですね」

「目が腐っとるのか？」

フラグちゃんのほんわかした雰囲気に、生存フラグは毒気を抜かれた。

状況を知ったフラグちゃんは、恋愛フラグを諭して動画を消させた。

（やはり優しい奴じゃな）

感謝する生存フラグ。

一方、恋愛フラグはあっけらかんと、二人に切り出した。

「さて、今日のお休みだけど……どこに出かけよっか？　せっかくだし、好きな人に会いに行くのもアリかもよ」

「べ、別にいいです。モブ男さんに会わずに済むならせいせいします」

「モブ男くんとは一言もいってないけどなあ」

「うぐ」

今日も、掌の上で転がされまくるフラグちゃん。

恋愛フラグは、膨らんだ胸の前で両手をあわせ、

「じゃあみんなで、モブ男くんのいる仮想世界へ行かない？」

「え、でもあそこは修行場ですよ」

「だいじょーぶ。昨日の飲み会の時、神様から使用許可をとったから」

神様は仮想世界を、いずれは天使や死神の保養施設として活用することも考えているらしい。

「だからボクたちに、そのテストをして欲しいんだって」

フラグちゃんは神様に、深く感謝した。

（神様はいつも、私たちのため気を配ってくださいます）

しかも神様はフラグちゃんたちが休日を楽しめるよう、仮想世界にレジャーなどを用意してくれたらしい。

ならば行くしかあるまい。

フラグちゃんは生存フラグの手を引いて、恋愛フラグと共に仮想世界への扉をくぐった。

■海

扉のむこうは、広い浜辺だった。海水浴場のようだ。

真夏のような日差しのもとで、たくさんの人々が遊んでいる。

海の家の壁に貼られたポスターに、恋愛フラグは目を輝かせた。

「へー、夕方からこの近くで、いろいろイベントがあるんだって！　肝試しに縁日……」

『肝試し』という単語に、生存フラグの表情が強ばる。

「あと、花火大会もあるんだって」

「花火……！　いつか見たいと思っていたんです」

夢見るように、うっとりするフラグちゃん。

生存フラグが細い首をかしげ、

「キサマ、花火を見たことないのか？」

「はい。だから絶対に行きたいです」

恋愛フラグが拳をつきあげる。

「じゃあ夜は肝試しとお祭り行って、花火みよう！　……それまで時間は沢山あるけど、どうしよっか。せーちゃんは何かやりたいことはないの？」

「やりたいことなど、何も」

そう言いつつも……生存フラグは海で遊ぶ人々に、眩しげな瞳を向けている。背中の羽がウズウズするように動いていた。

彼女の前にフラグちゃんは回り込み、そっと尋ねた。

「もしかして、海に入りたいですか？」

「……」

ためらったあと、頷く生存フラグ。休日に誰かと出かけるなんて始めてのことだ。せっかくなら海に入りたい。

「わかりました。では皆で水着に着替え……」

「このスケベ男！」

若い女性の声。そして『パーン！』という音がした。

見ればモブ男が頬を押さえている。ビンタされたらしい。

「あれ、フラグちゃんたち。なんでここにいるの？　俺また死亡フラグ立てちゃった？」

「いえ、遊びにきただけ……って、あれ？　死亡フラグが立ってますね」

よく見るとモブ男だけではなく、なんと海水浴客の全員に死亡フラグが立っていた。

　モブ男は頭をかいて、フラグちゃんを見下ろす。

「この海水浴場――先週に巨大ザメが出て人が襲われたんだって。でも市長さんが反対を押し切って、閉鎖しなかったらしいんだ」

「ものすごいサメが出るフラグ！」

　だが……海を見ても、サメの気配は今のところない。これではフラグちゃんにも、どうしようもない。

「モブ男さんは、どうしてここに？」

「モブ美と海水浴に来たんだけど、ナンパ男にとられちゃってさ。だから片っ端からナンパしてたんだけど、百連敗。心が折れかけてたところだよ」

「百連敗で、心が折れてないことは尊敬します……」

　フラグちゃんはそう言いつつも、モブ男と会えて嬉しそうだ。笑顔を隠しきれていない。

　いっぽう生存フラグは、どうでもよさそうな顔をしながらも、モブ男をチラチラ見ている。『モブ男が気になっておる』という昨夜の発言を思い出したのかもしれない。

　そんな二人を見た恋愛フラグは、モブ男に告げる。

「よかったらモブ男くんも、一緒に遊ばない？」

「え、いいの？」

（そのほうが面白くなりそうだしね）

恋愛フラグは顔を伏せ、ニンマリした。そして皆を連れて歩き出す。

モブ男はその背中を追いかけながら、海を見てつぶやいた。

「でも、なんで海の水があるのかなぁ。俺、消した気がするんだけど……」


モブ男、フラグちゃん、生存フラグは、恋愛フラグに先導されて、海水浴場から少し離れた岩場の陰へ。

「さて女性陣は、ここで着替えよっか」

生存フラグが不満げに、あたりを見回しながら、

「たわけ。更衣室を使った方がよかろう」

「すごく混んでたし、これ使えば一瞬だから問題ないよ」

恋愛フラグが掌をかざすと、空中からデジカメのようなものが現れた。

天界アイテム『フクカエール』。一瞬で好きな衣装に着替えられる優れものである。

「せーちゃんはどんな水着がいいの？」

「ふん、なんでもよいわ」

そして恋愛フラグが『フクカエール』で生存フラグに着せたのは……

ホタテにヒモをつけ、それで胸と股間を隠す水着だった。慌てて手で体を隠す生存フラグだが、豊かすぎる胸がこぼれそうだ。

「アホか貴様は！　違うのにしろ」

「じゃあホタテじゃなく、シジミにしよっか？」

「悪化するではないか！」

モブ男は、ホタテ水着姿をガン見しながら、

「じゃあいっそ包帯のまま入って、濡(ぬ)れ透けになるのは……ぶべっ」

学習しないモブ男の側頭部に、生存フラグのハイキックが炸裂(さくれつ)する。

――それから女性陣は『フクカエール』で、ちゃんとした水着に着替えた。

生存フラグはビキニ。生地(きじ)が黒なため肌の白さが際立つ。長くすらりとした足に、ケタ違いの胸の大きさ。グラビアアイドル顔負けのセクシーさだ。泳ぐのに邪魔なためか、羽は消している。

恋愛フラグは、セパレートタイプである。胸に不自然なほどボリュームがあるあたり、苦労がうかがえる。

そしてフラグちゃんはフリフリがついた、ワンピースタイプ。華奢(きやしや)な体のラインがハッキリとわかる。か細い腕と足には、背徳的な可愛(かわい)さがあった。

フラグちゃんはモブ男を見上げ、恐る恐る言った。

「似合い……ますか？」

「……ちょっとみんな、ついてきてくれ」

モブ男は皆を先導し、砂浜をゆっくりと往復した。美女三人の水着姿に、ビーチの注目が集まる。生存フラグは不機嫌そうにし、恋愛フラグは笑顔で愛想を振りまいている。

フラグちゃんは、恥ずかしさで身を縮めながら、

「モブ男さん、いったいこれは何ですか？」

「俺のナンパを断った女たちに『俺いまこんな美女三人連れてますけど何か？』と自慢している」

「女をアクセサリー扱いするなんて、最低です！」

叱責するものの『美女』と言われて笑顔になってしまうフラグちゃん。

「よーし、俺の矮小なるプライドは満たしたし、そろそろ泳ぐぞ」

モブ男は海へ駆けていく。

その後ろ姿を見て、生存フラグは考えた。

（死亡フラグの優しさからして……モブ男に死亡フラグが立ったら、いつものように助けようとするじゃろう）

せっかくの休日なのに、そんな苦労をさせては気の毒。ここは自分が死亡フラグを折っていくべきではないか。

（うむ。これぞ優しい気遣いというものじゃ）

すばやくモブ男の前に回り込み、両手を拡げる。

「しっかり準備運動をせい。水中で足がつったら命にかかわるのじゃぞ」

それからも生存フラグは、モブ男の死亡フラグを折っていく。


「モブ男。あの一帯は離岸流じゃ。近づくでない」

「海の家で酒を飲んではならぬぞ。酔った状態で海に入るのは危険じゃ」


（ふふふ、我ながら素晴らしい気遣い。死亡フラグもわしの優しさに感謝するであろう）

ご満悦の生存フラグ。

……だが善意による行動は、必ずしも良く解釈されるとはかぎらない。

四人で浅瀬でボール遊びしながら、フラグちゃんはこう思っていた。

（生存フラグさん、モブ男さんをすごく気遣ってる。やっぱり……）

脳裏に、昨日の飲み会の会話がよみがえる。


『モブ男が気になっておる』

『まあ変な奴じゃが、あやつといると退屈しないことは確かじゃ。不思議と悪い気はせんしな』

それに生存フラグの黒ビキニ姿は破壊力満点で、ビーチ中の男性が釘付けだ。

無論モブ男も例外ではなく、たゆんと胸が揺れるたび目を奪われている。

（……うう、私なんて）

ヤキモチや、スタイルの格差で落ちこんでいると、飛んできたボールを受けそこね、遠くへ飛ばしてしまった。

取りに行くフラグちゃんだが……そこへ大きな背びれが近づいていく。水中の魚影は、八メートルほどもあった。

「あれ、サメじゃないか!?」

モブ男はゾッとした。

コンマ数秒テンパった後――恋愛フラグに『あること』を頼み、急いでフラグちゃんのもとへ。守るように立ちふさがった。

サメが大口をあけて、モブ男に噛みつこうとした瞬間。

「師匠！」

「了解～」

恋愛フラグが『フクカエール』を使うと……

　モブ男は、中世ヨーロッパの重装歩兵のような甲冑姿になった。

　サメは体を回転させて、モブ男の胴体に食らいついた。メキメキと凄まじい轟音。甲冑は激しく押しつぶされたが、何とか持ちこたえてくれた。

　歯を砕かれたサメは、逃げ帰っていく。

「め……めっちゃ怖かったぁあああぁぁああ!!」

　モブ男はガクガク震えた。涙と鼻水を垂れ流しながら、

「フフフフ、フラグちゃん、大丈夫だった？」

「え、ええ……まあわたし死神だから、かばわれなくても大丈夫でしたけど」

「そうだった、忘れてた！」

　モブ男は頭を抱え、

「君のピンチ見たら、体が勝手に動くんだもんなぁ」

　フラグちゃんは真っ赤になった。甘くてふわふわとした感情とともに、全身が熱くなる。

　彼女の背中を、恋愛フラグがつついた。

「あ、恋愛フラグ立っちゃったね」

「た、立ってないですよぅ！　……って、あれ？　モブ男さんにまた死亡フラグが」

　見れば、モブ男が水没している。甲冑の重みで、海底の砂に沈んでいるらしい。

　フラグちゃんは、慌てて助けにかかった。

■肝試し

なんとかモブ男を救出。

そのあと女性陣三人は『フクカエール』でワンピースやパーカーなどに着替えて、服を着たモブ男と合流した。

すでに日は沈みかけ、あたりはだいぶ暗くなっている。

「よーし、次は肝試しだね！」

張り切る恋愛フラグと対照的に、生存フラグは押し黙っている。注射を前にした子供のように、憂鬱そうだ。

肝試し会場の入口は、海水浴場の近くにある山道だった。ここから登っていき、奥にある神社のお札をとってくる流れ。道中にはお化けに扮した係員が待機しているらしい。

一度に入れるのは二人ずつらしいので、順番と組み合わせを決めるべくジャンケンをした。

その結果、先にモブ男と行くことになったのは……

「よーし、生存フラグさんとだ！」

なぜかガッツポーズするモブ男に、フラグちゃんは胸がしめつけられた。

モブ男と生存フラグは、それぞれ懐中電灯を持って山道を登りだす。

生存フラグはサンダルなので、少し歩きづらそうだ。周囲を常に警戒し、風で枝がざわめくだけでビクッとする。

（前に、呪いのビデオを見たときと同じだな）

モブ男はそう思いつつ、

「お化け苦手なんでしょ？」

「馬鹿を言うな。わしは優秀な天使。幽霊など怖いわけ……」

道の脇から、白装束の女性が出てきた。

「きゃああ！」

なんとも可愛いらしい悲鳴をあげる。

それからもお化け役が登場するたびに、モブ男のTシャツをつかんだり尻餅をついたりする。『アメ○ーーク』のビビリ1グランプリに出たら優勝を狙えそうである。

「くっ、我ながら情けない……！」

「あのお化け、人が変装してるだけでしょ」

「それは分かっておる。じゃが急に出てきたり、幽霊の姿で脅かされるとな」

生存フラグは、ふと思い出したように、

「そういえば——この肝試し、わしと組んだ事にキサマ喜んでおったな。なぜじゃ」

「もちろん、幽霊が苦手な生存フラグさんを、放っておけなかったからさ」

「バキバキに血走った目で、わしの胸を凝視してなかったら、いい台詞じゃったんじゃがな……」

抱きつかれることへの期待が、見え見えである。

その後二人は、山頂近くまで辿り着いた。

「あっ、あれが神社じゃない？」

たしかに鳥居があり、その奥に古びたお堂が見える。

賽銭箱の前に置かれた台に、お札があった。その一枚をモブ男は手に取り、

「よし、お札ゲット！　あとはこれを、ふもとまで持ってかえるだけだ」

「そうか……」

生存フラグがほっとした、その隙をつくように。

お堂の扉が開いて白衣の女が飛び出してきた。頭には、ハチマキで蝋燭がくくりつけられている。

「——!!」

生存フラグは逃げ出した。混乱のあまり山道をはずれ、脚をすべらせ……斜面を転がり落ちてしまった。

（ううっ）

天使ゆえダメージはないものの、全身土まみれ。サンダルの片方が脱げてしまったが、懐中電灯を落としたため捜すこともできない。ワンピースを着ているため羽が出せず、飛ぶこともできない。

「も、もういやじゃ……」

酷く惨めだ。一人になると、暗闇が何倍にも恐ろしく感じる。雲が多いのか、月明かりもない。

己の体をぎゅっと抱き、しばらくの間うずくまる。

「モ、モブ男は……先に帰ったろうか。わしはいつも蹴りは入れるし、憎まれ口ばかり叩いておるし」

「見つけた」

とつぜん光に照らされた。まぶしさに目を細めつつ見ると、モブ男が安堵の表情を浮かべていた。

「怪我してない？」

「……！　た、たわけ、わしは天使じゃから平気じゃ」

そっけなく言うが、心はひどく安堵していた。

モブ男は、生存フラグのサンダルが片方ないのに気付くと、背中を向けてかがんだ。おんぶするつもりらしい。

「わし泥だらけじゃぞ。キサマの服が汚れる」

「ほかに方法ないでしょ」

少し迷ったあと、生存フラグはモブ男におぶわれた。

しばらく彼の背中で揺られたあと……勇気を振り絞り、つぶやいた。

「……あ、ありがとう……」

「はは、生存フラグさんがお礼を言うなんて、天変地異でも起こるんじゃない？」

いくつかの仮想世界で、天変地異を起こしてきた男が言う。

生存フラグは不思議な気持ちだった。恥をさらしているハズなのに、先程より心は落ち着いている。

「しかし、みっともないところを見せてしまった」

「気にすることないよ。生存フラグさんには、幽霊が苦手なのを埋めるくらい良いところがあるんだから」

「ど、どうせまた『胸』とか言うんじゃろう？」

「もちろんそこもだけど、他にもあるよ」

happy life

生存フラグは大いに期待した。

そしてモブ男が言った『良いところ』とは――

「ごめん、思いつかなかった」

生存フラグはモブ男の首をしめた。


かなり時間はかかってしまったが、ようやく山のふもとに到着。

フラグちゃんと恋愛フラグが、安堵の表情で迎えてくれた。

「二人とも、遅いから心配しました……って、生存フラグさん泥だらけじゃないですか。それに、なんでおんぶ？」

「道が悪くて、生存フラグさん転んじゃったんだ。その時サンダルもどこかに行っちゃって」

モブ男は『ビビりまくった末になくした』とは言わなかった。

そのことに生存フラグは感謝しつつ、お札を掲げた。

「貴様らこれを見るがよい。肝試し踏破の証じゃ」

「わー、すごいです」

「当然じゃ、このわしに怖い物などない!!」

モブ男は振り返り、ぼそっと言った。

「あんなにビビってたのに、よくそんなドヤれるね」

「や、やかましいわ」

モブ男の頭をぽかぽか叩く生存フラグ。だがそこには、今までにない親しみがこもっていた。

そのさまを、フラグちゃんは少し寂しそうに見つめている。

⚑告白

恋愛フラグはスマホで時間を確認し、困ったように言う。

「ん～、もう縁日が始まってるね。ボクたちのペアは肝試しやめとこっか。モブ男くんとせーちゃんペアで、かなり時間をとっちゃったからね」

フラグちゃんに異存はないようだ。

モブ男の背中から降りた生存フラグが、己の全身を見て、

「じゃが、この通りわしは泥だらけじゃ。なんとかしたい」

「じゃあ海の家でシャワー借りようよ。その後、フクカエールで新しい服と靴を身につけよう」

そして恋愛フラグと生存フラグは、海の家へ向かっていった。

とつぜんモブ男と二人きりになり、フラグちゃんは緊張した。サメから助けてくれた勇姿……それに生存フラグと仲良くしていた姿がちらついて、心がざわつく。

間を埋めるように、乾いた笑い声を漏らした。

「あ、あはは。二人きりですね」

「ちょうどよかった」

モブ男は、これまでにないほど真剣な顔で、

「フラグちゃんに、とても大事な話があるんだ」

「ええっ」

フラグちゃんは頬を染め、体をこわばらせる。

周りを見れば……縁日に向かうカップルもチラホラ見える。もしかして、色恋絡みの話なのでは……

「フラグちゃん！」

「は、はい！」

気をつけするフラグちゃん。

そしてモブ男は、とても大事な一言を告げた。

「俺——人生を何度もやり直しているような気がするんだ」

全く予想外の言葉に、フラグちゃんの思考が一瞬とまった。

「ふと、いろんな記憶が蘇るんだよ。海を消したり、戦場に行ったり、ガンで死にかけたり、ゾンビと戦ったり、犬になったり……そんな奇妙な人生を送ったあと、また時間が戻ってる気がする。これは何なんだ？　俺、どこかおかしいんじゃないか……？」

モブ男は、縋るようにフラグちゃんを見てきて、

「それが気になって、夜しか寝れないんだよ」

「いや、普通じゃないですか……」

「気にする前は、四時間は昼寝してたんだよ？」

「寝過ぎですよ！」

自堕落な生活を送っているので仕方ない。

フラグちゃんは胸を押さえ、大きく息をはいた。

「だ、『大事な話』って言うから、てっきり告白でもされるのかと……」

「俺がフラグちゃんに？　まさかまさか」

モブ男は鼻の下を伸ばして、通りすがりの浴衣姿の女性を見た。

「僕が好きなのは、ああいう大人の魅力のある女性で……」

「モブ男さんのバカぁ！」

フラグちゃんは、大鎌についたピコピコハンマーで叩いた。

やわらかい物質とはいえ、死神パワーで殴ったためにモブ男は気絶してしまった。

かついでベンチに寝かせつつ、フラグちゃんは考える。

（ど、どうしましょう）

かつてない事態である。

モブ男は、自分の存在に疑問を持ち始めているようだ。いずれは、ここが仮想世界である事にも気付くかもしれない。

ひとまず、彼を作った御方に相談してみよう。

原因

フラグちゃんは海の家に行って、生存フラグ、恋愛フラグに事情を伝えた。

扉を通って天界に戻り、一人で謁見の間へ。神様と対面する。

「やぁ死神№２６９。休日を満喫しているかい？」

そういう神様は寝転がり、ＹｏｕＴｕｂｅを見ている。休日の過ごし方としては、ちょっと寂しい。

「はい……ですが、問題が発生しまして」

「問題？」

「モブ男さんが『これまでの仮想世界の記憶』に悩んでいるようなんです。自分の存在にも、疑問を持ち始めているようで」

「そんな馬鹿な。モブ男の記憶は、仮想世界がリセットされるたび消去されるように設定してあるよ」

「え、そうなんですかっ？」

仮想世界に出入りするたび、モブ男は『やあ、フラグちゃん』と挨拶してきた。今考えると、あれは記憶を引き継いでいる証だったのだ。

先ほどサメに助けられたとき、こんな会話もしたし。

『まあわたし死神だから、かばわれなくても大丈夫でしたけど』

『そうだった、忘れてた！』

『そうだった』——つまりモブ男が、以前の仮想世界でフラグちゃんをかばった記憶があるという事だ。

神様は空中にディスプレイとキーボードを表示させ、操作をはじめた。

「問題が起きてないか調べてみよう。少ししたらまた来てくれ」

（休日中なのに、神様は部下である私のために……）

フラグちゃんは深く感謝した。もっとも、ただ暇だっただけかもしれないが。


そして、一時間後……

フラグちゃんは再び謁見の間に戻り、たずねた。

「どうでしたか？　神様」

「うん。少し調べてみたけど、『モブ男』のプログラムにバグが発生していた」

『バグ』という穏やかでない単語に、フラグちゃんの心臓が嫌な音をたてる。

「もともと、君が命を狩りやすいように、できるだけクズな性格に設計したんだ」

「はい」

「でも――ときどき君を助けたり、優しい一面を見せることがあるだろ？　それがおかしいとは思ってたんだけど。案の定だった」

神様がキーボードを叩くと、空中にモブ男の３Ｄ映像が映った。

「どうやら『モブ男』には、バグによって自我が芽生えている。只のプログラムなのに、意志のようなものを持っているんだ……不思議だよ」

自我。

ときどき自分をときめかせる優しさも、それによるものだろうか。

「で、バグ、直すかい？」

「え、直せるんですか？」

「もちろんさ。でも注意して欲しいのは、直した場合、今の彼とは変わってしまう事だ」

３Ｄのモブ男が、だらしなく横になる。

酒を飲みながらエッチな本を読み、そのまま寝てしまう。

「僕が当初設計した通り、純然たるクズで、スケベで、ダメなモブ男になってしまうし、何より彼に芽生えている自我も失われる。仮想世界が終わる度に、記憶もリセットされる」

「それは……辛いですね」

仮想世界に行くたび、ただのクズのモブ男に『君は誰？』などと言われるのだろうか。考えるだけで恐ろしい。

「ただね、このバグを修正しないのも、あまり良くないんだよ。放置したら、この先どうなるのか予想がつかないからね」

「その通りです。すぐにそのバグは修正すべきです」

突然の声に、フラグちゃんは振り返る。

「あ、あなたは」

大扉をあけて入ってきたのは——若草色の髪の、美しい死神。

以前フラグちゃんがアドバイスを求めた、死神№13だ。コツコツとブーツを鳴らして近づいてくる。

「興味深い話が聞こえてきたので、改めて私の意見を申し上げますが……そのバグはすぐに直すべきだと思います。なぜなら」

冷たく赤い瞳を向けられ、フラグちゃんは怯んだ。

「このままだと、あなたにとって何のトレーニングにもならないからです。前にも言ったとおり、あなたは雑念が多すぎです。命を奪う対象に優しすぎます」

それは今まで、フラグちゃんが何度も指摘されたことだった。

「情けは捨て、バグを直しなさい。でないと、ますますモブ男に情がうつって、修行が成立しなくなりますよ？」

「う……」

№13の意見は正論だ。

もともとモブ男は、練習用のプログラムに過ぎない。それに過度に感情移入して、練習がうまくいかなくなるのは本末転倒。

（それは『立派な死神になりたい』という目標と、矛盾しています）

返す言葉が見つからないフラグちゃんに、神様が助け船を出した。

「№13のいうことは一理ある。だが№２６９の気持ちも尊重してあげたい」

そこでだ、と神様は手を叩いて、

「『モブ男』を使って、一緒に修行している№11、№51の意見も聞いてきたら？　その上でもういちど皆で話し合おうじゃないか。モブ男のバグを直すか——つまり、今の人格を消すかをね」

フラグちゃんは二人に頭を下げ、謁見の間から出た。

混乱のあまり、あたりの景色が歪んでいるように感じる。

なんとか宮殿内を進み、生存フラグ、恋愛フラグと合流した。

「……で、神のやつは何といっておった？」

生存フラグは無関心を装って聞いた。

折り紙をしているが、あまり捗っていないようだ。モブ男を心配していたのかもしれない。

「モブ男さんに、バグが発生しているらしくて」

「バグ？　そんなもの、さっさと直せばいいではないか」

生存フラグは『バグ＝悪いもの』だと思い、反射的に言う。

「でも神様いわく、これは只のバグじゃ無いそうです」

フラグちゃんは説明した。

モブ男はバグによって自我が芽生え、時折見せる優しさはそのため。

直せば只のクズになり、仮想世界がリセットされるたびフラグちゃん達のことも忘れてしまう。

「モブ男さんは今、間違いなく生きています。それは普通の命とは違うかもしれませんが……バグを直すと、いつものモブ男さんには、二度と会えなくなるんですよ」

（……ふむ）

生存フラグの脳裏に、モブ男との思い出がよみがえる。

クズなところは多々あるが、先程の肝試しなどでみせた優しさは、生存フラグの心を温かくした。それに、彼に忘れられてしまうとしたら。

（確かに少し寂しい。じゃが――）

恋愛フラグをチラリと見る。紅玉のような瞳を輝かせ、心の底から楽しそうに成り行きを見つめている。

（いま意見を変えたら、こやつに、モブ男を好いているように思われるんじゃなかろうか）

『あっれぇ～？　そうなると、せーちゃんはモブ男くんのことが……』

　こんな風に絶対からかわれる。想像するだけで腹が立ち、生存フラグはこう口走った。

「バグは直すべきじゃ。モブ男はただのプログラムじゃからな」

「えっ……」

　フラグちゃんの表情が曇る。

　生存フラグは、ハッとした。

（死亡フラグにとって、モブ男は思い人。その人格が消えるのは辛かろう。こいつのために『バグは直さない』と言うべきじゃ）

　そうは、思うのだが……

　口が動かない。今までずっと素直になれず、憎まれ口ばかり叩いてきた。それが体の芯まで染みついている。

　——このままでは友人の大事なものを、奪う側に加担してしまう。

　かつて生存フラグは、フラグちゃんにこう言われた。

『少し自分の気持ちに素直になってみたら、それだけでいいんじゃないかと……そうすればNo.11さんの優しさは、周りに伝わると思いますよ』

この言葉に胸打たれ、彼女のように優しくなりたいと思い、修行につきあってきた。

（じゃが、わしは何一つ成長しておらぬではないか……！）

友人への優しさより、己のつまらないプライドを優先している。生存フラグは愕然とし、折り紙を握りつぶした。

フラグちゃんは縋るように、恋愛フラグに目を移す。

「れ、恋愛フラグさんはどうですか」

「ボクはどっちでもいいよ～。二人に合わせる」

恋愛フラグには、モブ男のことで悩む二人の心理が手に取るようにわかる。見ているだけで楽しい。

（これを更に面白くするには……そうだ！）

恋愛フラグは、両手を拡げて、

「じゃあさ。もう一度仮想世界へ行ってみるのはどうかな？　うだうだ考えるより、モブ男くんとまた会って『どうしたいか』を考えるんだよ」

「えっ」

「誰かの意見に左右されるのでも……意地を張って、頑なになるのでもなく、ね」

その言葉は、二人に刺さったようだ。

フラグちゃんは覚悟を決めたようにうなずき、生存フラグは固い表情で折り紙をしまう。

（ふふふ。どんな結論を出すのかな？）

恋愛フラグは二人に背を向け、恍惚（こうこつ）の笑みを浮かべた。

（モブ男くん――君は本当に最高のオモチャだよ！）

そして三人は、神様の了承を得てから、再び仮想世界へむかう。

これが『自我を持つモブ男』との、最後の対面になるかもしれない。

六話　消滅の瀬戸際でどうするのか 

フラグちゃん、生存フラグ、恋愛フラグは仮想世界に戻った。

まだモブ男はベンチで気絶している。あたりの明るさからすると、さきほど仮想世界を出た時から、ほとんど時間は経過していないようだ。

「「……」」

フラグちゃんと生存フラグは、さっきの事を引きずっているのか、やや気まずそうだ。

チラチラと相手を見て……視線が合うと、弾かれたように目をそらす。

妙な空気を誤魔化すように、フラグちゃんは恋愛フラグにたずねた。

「こ、これからどうしましょうか」

「予定通り、モブ男くんと縁日に行って、花火を見ない？　そのあと結論を出そうよ」

「はい……」

フラグちゃんは空を見上げた。曇っているのか星が全く見えず、湿気も強い。花火が終わるまで降らなければいいのだが。

縁日に行くということで、三人は『フクカエール』で浴衣に着替えた。

生存フラグが、髪をまとめてアップにしながら、

「これからモブ男を起こすとして……なんと説明するのじゃ？　今こやつは、己の存在に疑問を感じておるが」

「まあモブ男くんだし、起き抜けに浴衣姿の美少女が三人いれば、疑問を棚上げするよ。お〜〜〜い、モブ男くん」

恋愛フラグは、モブ男の身体をゆさぶる。

目をあけた彼に、耳かきボイスのように甘い声でささやく、

「ねぇ私たち、モブ男くんのために浴衣に着替えたんだよ〜？　早く縁日に行こ？」

「え、マジ？　モテる男は辛いな」

モブ男は三人を見回し、これ以上なくだらしない顔になった。どうやらひとまず、疑問は棚上げにしたようだ。

フラグちゃんは胸を撫で下ろす。

「よかった。モブ男さんが呆れるほどチョロい人間で」

「なんで俺、起き抜けにディスられるのかな？」

⚑縁日

四人は、縁日の会場にやってきた。

提灯や万国旗で彩られ、道の両側に沢山の屋台が並んでいる。リンゴ飴、チョコバナナ、わたあめ、金魚すくい、亀すくいなど……

家族連れやカップルが、楽しそうに練り歩いている。

恋愛フラグが目を輝かせて、

「いや～色々あって、何しようか迷うなぁ。モブ男くん、おごってね」

「まさか俺を財布代わりに連れてきたの？」

「ううん」

恋愛フラグは首を横に振り、

「財布代わり兼、荷物持ち兼、私達が亀すくいでとったミドリガメを飼う係だよ～」

「三つ目の労力がデカすぎない？」

ミドリガメは三十年は生きるので、安易に飼い始めてはいけない。

「ふん。初めて来たが、縁日など下らんな」

生存フラグはそう言いつつも、型抜きや射的の屋台に興味津々のようだ。言行不一致がすごい。

だがフラグちゃんは、心ここにあらず、といった様子でぼんやりしていた。これから数時間もしないうちにモブ男の運命が決まるのだ。縁日を楽しむどころではない。

「フラグちゃん。元気ないけど、何か心配事でもあるの？」

「そ、そんなことないですよ」

「だっていつもの君なら、屋台のお菓子を『千と○尋の神隠し』の両親のごとくバクバク食べるじゃないか」

「豚になった人たちと、同じ扱いをしないでください！」

いつもの食べっぷりは、それに近いのだが。

そのときフラグちゃんは、金魚すくいの屋台に目を奪われた。色鮮やかな金魚が提灯の明かりに照らされて泳ぐ様は、とても幻想的だ。

「お嬢ちゃん、やってみるかい」

店員にポイ（円形の枠に紙を張ったもの）を渡される。

だが初めてなので、やり方がわからない。隣に座ったモブ男を見上げて、

「モブ男さん、教えてくれませんか？」

「最後まですくわれなかった金魚は、ペットショップに売られるんだよ。そして大型魚の餌にされるのさ……」

「悲しい背景を教えて欲しいのではなく！」

むしろプレッシャーが増した。

だが、モブ男がやり方を教えると、フラグちゃんはすぐにコツを掴んだ。次々にお椀に金魚を入れていく。

「おお、すくうの上手いねフラグちゃん。いつも俺を死亡フラグから救ってくれるだけのことはある」

「死神として、複雑な気分です……」

フラグちゃんは苦笑した。

だがモブ男とこうしていると、不安で強ばっていた心が少しずつほぐれはじめた。

「あ、言い忘れてたけど、浴衣似合うねフラグちゃん」

「！　あ、ありがとうございます」

「普段ダサい服着てる子がおめかしすると、ギャップで数割増しに見えるね」

「褒め方が下手すぎませんか？」

フラグちゃんが頬を膨らませたとき、歓声が上がった。

見れば、生存フラグが途轍もない勢いで金魚をとっていた。

「ふっ、やはりわしは優秀……！　どうじゃモブ男、なんとか言ってみろ」

「『縁日などくだらん』とか言ってたくせに、金魚すくいでドヤる生存フラグさんが微笑ましい」

「そ、そういう事ではないわ」

生存フラグは不機嫌そうに、モブ男めがけてポイで水をはじいた。

何だかんだで息が合っている二人を見て、フラグちゃんの心はざわついた。


次に四人は、射的の屋台で足をとめた。

モブ男がお金を払ったあと、銃を構えて、

「フラグちゃん、何か欲しいものはない？」

「あ、じゃあ……あのクマさんの縫いぐるみを」

フラグちゃんは、期待に胸を膨らませた。

（モブ男さんからプレゼントが貰えるかも）

そんな彼女を見た生存フラグは、こう思った。

（死亡フラグは、あの縫いぐるみが欲しいのか……し、仕方ない、わしがとってやるか）

先ほどは天界で、気まずい思いをさせてしまったし。

それから生存フラグはクマの縫いぐるみをめぐって、モブ男と激しい射的勝負を繰り広げる。その様はハタから見ると楽しそうで、フラグちゃんはまた寂しくなった。

そして結局……生存フラグがクマの縫いぐるみをゲット。

フラグちゃんに差し出しながら、照れ隠しにこう言う。

「わしの趣味ではないのでな。捨てるのも勿体ないし、キサマにやろう」

フラグちゃんは、頑張って作った笑顔で、

「あ、ありがとうございます」

（あまり嬉しそうではない！　なぜじゃ？）

目論見がはずれ、生存フラグは困惑した。

そこへ恋愛フラグが楽しそうに耳打ちする。

「あげるにしても、もっと言い方あるでしょ。なにより、しーちゃんは好きな人……モブ男くんにとって欲しかったんだよ」

（そ、そうじゃったのか）

生存フラグがうなだれたとき……

その頰を水滴がたたいた。

雨だ。

あっというまに本降りになった。客たちが悲鳴をあげて駆け出し、屋台の店員は商品を守る。

モブ男たち四人も、大木の陰に避難した。空は分厚い雨雲で覆われていて、やむ気配は全くない。

場内放送が聞こえてきた。

『お祭りの運営本部より連絡いたします。

大雨のため、花火大会は中止とさせていただきます』

「そんな……」

肩を落とすフラグちゃんに、モブ男はリンゴ飴を舐めながら、

「また来年くればいいじゃん。生存フラグさんや、恋愛フラグさんと」

（でも『今のモブ男さん』と来れるのは、今回が最後かもしれないのに……あれ？）

モブ男の言葉が、ふと引っかかった。

「モブ男さんは一緒にこないんですか？」

「俺、来年はモブ美とくるもん」

「むむむ」

唸るフラグちゃん。

さらにモブ男は、浴衣が濡れて透けた女性たちを見て、鼻の下を伸ばす。

「デュフフ。花火よりも百倍いいものが見れるし、中止になってよかった」

フラグちゃんは顔を伏せた。

内心の激情を抑え込むような、震える声で、

「……私、帰りますね」

そして、豪雨の中へ駆け出していく。生存フラグが慌てて追いかけた。

「待たぬか死亡フラグ！」

呆然とするモブ男。

恋愛フラグが「あ～あ」と頭を振って、

「今のはないよモブ男くん……しーちゃん、花火見たことないんだって。とっても楽しみにしてたんだよ」

「えっ、今まで一回も？」

モブ男は驚いた。根が小心者なので、冷や汗をかいて焦りまくる。

「も、もしかして俺、フラグちゃんを傷つけてしまったかな？」

その問いに恋愛フラグは答えず、

「しーちゃんはね、いまモブ男くんの事で、すご～～～～～く悩んでるんだよ」

「そうなの⁉」

モブ男には、その『悩み』が、自身の存在に関わるものだとは想像もつかない。

（どうしよう。お詫びに、フラグちゃんへ花火を見せてあげる方法はないか……）

その時、あるアイデアが浮かんだ。

「師匠！」

モブ男はぬかるみに膝をつき、恋愛フラグに土下座した。

いくつもの仮想世界で何度も行い、身体に染みこんだ、実に美しい土下座であった。

「お願いがあります！」


「待たぬか」

五十メートルほど走った所で、フラグちゃんは生存フラグに追いつかれた。

お互いにびしょ濡れである。生存フラグの起伏豊かな体に浴衣が張り付いて、酷く艶めかしい。

「さっきのモブ男の発言に怒っておるのか？」

「いえ、そういうわけじゃないんです」

フラグちゃんは、首を横に振る。黒髪から水滴がほとばしった。

胸に小さな手を当てて、

「モブ男さんといると、本当によけいなことばかり考えてしまうんです。嫉妬とか、幸せな気持ちとか……No.13さんの言うとおり、ここは修行のための仮想世界なのに、雑念が多すぎるんです」

「……」

「こんな体たらくじゃ『立派な死神になる』なんて、とても無理……」

フラグちゃんは深くうつむいた。小柄な体が、いつも以上に小さくみえる。

「No.13さんの言うとおり、モブ男さんのバグを直した方がいいのかも……優しさなんて、捨てた方がいいのかも」

「阿呆」

フラグちゃんは頬を両手で挟まれ、強引に上を向かされた。

そこでは……いつも目をそらしがちの生存フラグが、真っ直ぐにフラグちゃんを見つめていた。

「キサマは以前、わしに言ったではないか」

「?」

「『自分の気持ちに素直になってみればいい』と。あの言葉、そっくりキサマに返すぞ」

生存フラグと知り合った日。『優しくなれない』ことに悩む、彼女に言った言葉だ。

「キサマは確かに、No.13の言うとおり、死神としては優しすぎるのかもしれん。じゃが、わしは……その……」

言いよどみ、顔を赤くしている。不器用ながらも、何かを必死に伝えようとしている。

「キ、キサマの優しさに、あのとき救われたのじゃ」

「！」

フラグちゃんの胸に、その言葉は深く突き刺さった。いつも『死神なら優しさを捨てろ』と言われてきただけに、尚更だ。

「じゃから、ええと――」

生存フラグの心は、恥ずかしさと、どうすれば元気づけられるのかでグチャグチャだった。

こんなに熱く語るのは生まれて初めてだ。妙な汗が止まらない。だが羞恥心をねじ伏せても、いま伝えるべきことがある。

苦しんでいる時に助けなくて、何が友人だというのか。

「だから、優しさを捨てるなどと言うな。呆れるくらいお人好しのキサマには無理じゃ……その上で、立派な死神を目指すがいい」

「……」

「わしがこれからも特訓に付き合ってやるから――ま、まあ無論、毎回わしが勝つがな」

その言葉に。

フラグちゃんは久々に笑顔を見せた。涙ぐんではいるが、憑きものが落ちたように晴れやかな表情だ。

「ありがとうございます、生存フラグさん」

生存フラグは手の甲で、真っ赤な顔を隠した。雨で濡れているのに、全身が熱くてたまらない。

(す、すごい熱弁してしまった。穴があったら入りたい……!)

「やっぱり貴方は優しい人です」

「ええい、うるさいわ!」

生存フラグが叫んだとき……降り続いていた雨がやんだ。

あたりが、急激に明るくなっていく。月が出たのだ。

夜空を見れば満天の星。分厚かった雨雲が、いつの間にか綺麗さっぱり消えている。

ありえないほどの天候の変わり具合だ。

そして、場内にアナウンスが響いた。

『いったん中止とさせていただいた花火大会ですが、天候が回復したため、十分後にスタートいたします』

会場中から喜びの声があがる。

そして、ぬかるみを走る音が、こちらへ近づいてきた。

「フラグちゃん!　捜したよ」

「モブ男さん……」

「さっきはホントごめん。運良く雨雲が消えたね。一緒に花火見よう」

（『運良く』って）

この天候の変化は、普通ではありえない。

それにモブ男をみれば、額と掌、それに膝が泥だらけだ。

（土下座でも、したのでしょうか？）

この二つが意味するものは……

「モブ男さん。まさか恋愛フラグさんに土下座して『消す消すボタン』を借りたんですか？」

消したいものを消せる、天界アイテムだ。それなら、ここ一帯の雨雲も消せたはず。

モブ男は、照れくさそうに頭をかき、

「はは、バレちゃったか」

フラグちゃんは感動した。

「私のために、土下座までして……」

「いやこいつ、土下座は日常茶飯事じゃからな？」

言われてみれば、感動するまでもなかった。

続いて生存フラグは、モブ男の全身を疑わしそうに見て、

「……なぜキサマ、土がベットリと額、掌、膝についたままなのだ？　ふつう少しは拭う

と思うが」

「う、それは」

モブ男が言いよどんだとき、恋愛フラグがあらわれた。

「土下座したことに、気付いて欲しかったんだよね～」

「し、師匠！」

「しーちゃん達が『自然に晴れた』と思ったら、手柄にならないでしょ？　だからモブ男くんは汚れたままにしておいたんだよ。むしろ、自分で泥を塗りたくったりもしてたよ」

フラグちゃんの心は一気に冷めた。

生存フラグと共に顔をしかめて、

「「うわあ……」」

「だって！　陰でいいことしても気付かれなきゃ意味ないじゃん！　いいから褒めてよ！」

地団駄を踏んで開き直った。激烈に見苦しい。

（……でも、こういう小ずるさも優しさも、ひっくるめてモブ男さんなんだ）

とても人間らしいといえる。バグをなくしたら、それらは全て消えてしまう。

（よし）

フラグちゃんの心は決まった。

金色の瞳には、今までにない強い意志が宿っている。

それから四人は並んで、花火を見た。空いっぱいに大輪の花がひろがっている。

「うあああ……」

フラグちゃんは目を輝かせ、子供のように飛び跳ねた。

「見て下さいモブ男さん！　すごいですね、すごいですね！」

「うん。花火、フラグちゃんに喜んでもらえてよかった」

モブ男は嬉しそうに笑う。

そして花火大会が終わると、モブ男は脳天気にいった。

「じゃあまたね、三人とも」

（またね、か）

その言葉を真実にできるよう、これから天界で頑張らねばならない。

フラグちゃんは笑顔で手を振った。

「はい、またお会いしましょう、モブ男さん」

⚑フラグちゃんたちの答え

天界に戻ったフラグちゃん、生存フラグ、恋愛フラグは、謁見の間へ向かう。

そこには神様、そして№13が待ち構えていた。

五人は円のかたちになって、向き合った。神様が口火を切る。

「さて、それでは修行用プログラム『モブ男』の、バグを直し、自我や記憶を消すか決める話し合いをしよう」

№13が腕組みして、堂々と発言する。

「私の意見は変わりません。直すべきです。理由は前も言ったとおり、モブ男という練習台が、自我を持った存在だと情が移る。それは№２６９の訓練に支障をきたすからです」

「――わ、私はっ！」

フラグちゃんは裏返った声で手を挙げた。皆の視線が集まる。

「反対です。バグは直さないでほしいです！」

№13は目を見張った。自分の前ではいつも自信なさげなフラグちゃんが、真っ向から反論してきたからだ。

「その理由は？」

№13の冷え切った声に、フラグちゃんは怯んだ。相手は死神のエース。落ちこぼれの自分とは格が違いすぎる……

『花火、フラグちゃんに喜んでもらえてよかった』


だがモブ男と過ごしてきた時間が、自分を奮い立たせる。

あの感情を奪うことは、殺人も同然。ここは絶対に退(ひ)けない。

「……モ、モブ男さんは今や、一つの命です。それを消滅させるのは反対です」

「ですが、それでは練習にならないと言っているでしょう」

「うっ」

感情論だけでは通じない。

モブ男の自我を守るためには、大義名分が必要だ。

フラグちゃんが必死に反論を考える中、助け船を出したのは……

「わしも死亡フラグに賛成じゃ。バグは直すべきではないと考える」

生存フラグだった。

フラグちゃんと№13は驚き、恋愛フラグは面白そうに目を輝かせ、神様は嬉(うれ)しそうだ。

集まった視線に、生存フラグはバツが悪そうに折り紙を取り出す。彼女は気まずさを誤(ご)

魔化すとき、いつもこうしてきた。

……だが、覚悟を決めたようにそれをしまう。

フラグちゃんを一瞥したあと、No.13に敢然と向き合った。

「No.13よ。むしろ、モブ男が人格を持ったことは『死亡フラグの特訓のためになる』と前向きに考えるべきじゃ」

「どういうことですか」

「死神の本来の仕事は、人間から死亡フラグを回収すること——そのための特訓ならば、人間と同じように感情を持っている『モブ男』の死亡フラグを回収することが、効果的ではないか」

恋愛フラグが、とても愉快そうに笑う。

「あっれぇ～？　せーちゃん、前と意見が真逆じゃない」

「……」

「やっぱりせーちゃんも、モブ男くんが気になってるのかなぁ？」

「……そうかもしれんな」

生存フラグは素直に認めた。

以前フラグちゃんに、こう言われたとおりに。

『素直になれば、生存フラグさんの優しさは皆に伝わると思いますよ』

（わしも死亡フラグのように、優しくなりたいのじゃ）

今ここで死亡フラグを助け、モブ男の自我を守る。それが『優しくなる』ための第一歩かもしれない。

「ふ〰〰〰ん……」

恋愛フラグはニヤニヤ笑う。

生存フラグが『おちょくるつもりか』と身構えたとき、

「ボクも、モブ男くんの自我を消すのはんた〜い！」

あっけらかんと、そう言った。

誰もが驚く。恋愛フラグは、傍観者的な立場だと思っていたからだ。

生存フラグは耳打ちする。

「どういう風の吹き回しじゃキサマ。モブ男で楽しみたいからか？」

「……まあ、その、九割方ね」

恋愛フラグは珍しく言いよどんだ。微かに頬が赤い。

『九割』。ならば残りの一割は、フラグちゃんと生存フラグの姿に心動かされたのでは……

（いや、こやつにそんな殊勝（しゅしょう）な気持ちがあるとは思えん）

生存フラグは、そう結論を出した。

「……うん、わかった」

黙って聞いていた神様が、大きくうなずく。

「どちらの意見にも一理あるが、モブ男（お）のバグは直さないことにする。その代わり№２６９。死神としてもっと成長するように」

「は、はい！」

フラグちゃんは深々と頭を下げた。

恋愛フラグが両手で、フラグちゃんと生存フラグを抱きしめる。

「二人ともよかったね！　ボクは最初から、こうなると信じてたよ！」

「キサマの面（つら）の皮の厚さ、ここまでくると感心するな……」

生存フラグは皮肉でなく、本気でそう思った。

フラグちゃんは生存フラグを見上げ、

「本当に、ありがとうございました」

「……ふん、キサマがあまりに哀れだったので、味方してやっただけじゃ」

「あはは……でもモブ男さんをめぐっての争いでは、負けませんよ」

「争わんわ!?」

これ以上無く顔をしかめる生存フラグ。

その様を、No.13が冷たい目で見つめている。

「まったく……」

そんな彼女に神様が耳打ちした。

「いいじゃないか、『モブ男』を通して、ひとりぼっちだったNo.２６９とNo.11に仲間ができた」

それにフラグちゃんは、周りに好影響を与えている。

生存フラグは、優しくなるための一歩を踏み出した。

恋愛フラグですら、フラグちゃんのために意見を変えた。

「修行の成果は出ているよ」

No.13は、苦々しい顔をした。

「不満そうだね。私が甘いと思うかい？」

「いえ、いま顔をしかめたのは、間近で嗅いだ神様の息が臭かったからですが……」

「……」

神様は、不意打ち気味に傷ついた。

だがフラグちゃんたちの笑顔を見て、まあいいかと思った。

（No.２６９はきっと、今までにない『優しい死神』となるだろう）

その日を神様は夢見る。そして――

（№２６９がカリスマになり、いずれ『死亡』Ｔシャツが、天界のトレンドになる日が来るはず。ふふふ、今のうちに沢山作っておこう）

そんな皮算用をした神様は、のちに多数の在庫を抱えることになるのだった。

エピローグ　仮想世界から出られなくなったらどうなるのか

モブ男の『バグ』を直さないことが決まった、その翌日。

フラグちゃん、生存フラグ、恋愛フラグの三人は、仮想世界へ通じる扉の前に立っていた。

フラグちゃんは張り切って、両こぶしを握る。

「今日から改めて、修行を頑張ります。立派な死神になるために」

扉をあけようと、ドアノブへ手をのばしたとき。

(あれ?)

フラグちゃんは違和感を覚えた。扉の表面に、龍のような紋章がある。こんなもの、昨日までなかったはずだが。

少し嫌な予感がしたが、恋愛フラグが扉をあけてしまった。

出たのは……石造りの建物の中だった。どうやら酒場らしく、とても賑やか。

客達の恰好は軽鎧やプレートアーマー、ローブなど。剣や杖を身につけている者も多い。

耳がとがったエルフや、小柄なドワーフの姿もある。話に耳をかたむけると『魔物』や『スキル』などの単語が出てきた。

「なんだか、ファンタジー風の世界ですね」

そういえば扉にあった龍の紋章は、どことなくファンタジーっぽかった。

「モブ男は、この仮想世界でフラグを立てるわけか——って、ん？」

生存フラグが息をのんだ。その視線の先をフラグちゃんが追う。

なんと天界へ通じる扉が、薄くなっていき……消えてしまった。このままでは帰還できない。

不安をおぼえるフラグちゃん。それを横目に、恋愛フラグはむしろ目を輝かせている。

「うわー、こんなの始めてだね」

「どうなっとるんじゃ？　とりあえず作ったヤツに聞いてみるか」

生存フラグがスマホで電話をかけると、神様が出た。

「おい、仮想世界のカスタマーセンター」

『神だよ!?』

そして生存フラグは——ファンタジーっぽい世界に出た際、扉が消えた事について説明する。

『なにそれ。僕が用意したのは全く違う仮想世界だし、扉が消えるなんてありえない』

「じゃが実際に起きておるのじゃ」

『うーん、調べてみるよ。このまま電話を切らずに待ってて』

カスタマーセンターみたいなことを言って、神様は調査にとりかかった。

十分ほど経って、神様が説明してくれた。

『仮想世界のプログラムに異常がある。何者かがハッキングを仕掛けたようだ』

「ハッキングじゃと？」

『ソースコードの一部に、声明文が貼り付けてある。読むよ』

「やあ、死神No.269、天使No.11、天使No.51
天界への扉は、私が消させてもらった
このままでは、君たちは帰還できない
そこで、ゲームをしよう
私は仮想世界のどこかに、帰還するための『アイテム』を隠した。それを見つけていただきたい」

「ゲームって……それに、ハッキングを仕掛けるなんて、何者なんでしょう」

表情を曇らせるフラグちゃん。

だがハプニング好きの恋愛フラグは、むしろわくわくした様子で、

「あまり深刻に考えることないかもよ？　修行して、そのついでに『アイテム』を捜せばいいんじゃない？」

「まあ、そうかもしれませんね」

超常の存在であるフラグちゃんたちは、死ぬことはない。いくらでも時間をかけて『アイテム』を探せる。

続いてフラグちゃんは、神様に『扉の表面の紋章』について尋ねた。だが心当たりはないらしい。それも犯人の仕業なのだろう。

神様が、声明文の続きを読み上げた。

「その仮想世界でモブ男はフラグを立て、一区切り着いたら、また新たな仮想世界に再構成される。そしてモブ男がまた新たなフラグを立てる

まあ、今までしてきた修行と同じだ

君たちが『アイテム』を見つけるのを、期待している」

『……だってさ。まあ僕も対処方法を捜してみるから、君たちも頑張ってみてくれ』

そして、神様はこう続けた。

『困ったら、いつでも電話してきていいからね』

「うむ、キサマこそカスタマーセンターの鑑じゃ」

『だから神だよ!?』

フラグちゃんは苦笑しつつ、冒険者でにぎわう酒場を見回した。

「この仮想世界の様子からすると……モブ男さんが、これからファンタジーっぽいフラグを立てるのでしょうか」

生存フラグが腕組みし、

「たとえば――モンスターを食い止め、仲間に『ここは俺に任せて先に行け!』と言うなどか?」

「定番の死亡フラグですね……あっ」

フラグちゃんは、隅のテーブルで、モブ男が酒を飲んでいるのに気付いた。

冒険者っぽい服装をしている。神様に問い合わせているときに、入ってきたらしい。

モブ男はパーティメンバーと一緒のようだ。そのうち一人を、イヤらしく笑って指さし、

「役たたずめ! お前はパーティから追放だぁ!」

あとで『ざまぁ』される死亡フラグだ。

生存フラグが苦笑し、肩をすくめた。

「あのクズはどんな世界でもブレんな」

そのときモブ男がフラグちゃんたちに気づき、こう言った。

「やあ、フラグちゃん」

『やあ』。

その言葉が、フラグちゃんはとても嬉しかった。彼の記憶は消えなかったのだ。

フラグちゃんは勢いよく『死亡』の小旗を振りかざす。

「立ちました！」

弾けるような笑顔で、

「モブ男さん、それは死亡フラグですよ！」

次　回　予　告

NEXT PREVIEW

予告

仮想世界から帰還できなくなった

死亡フラグちゃん達は

はたして元の世界に戻ることができるのか！

その時、モブ男は……？

全力回避
フラグちゃん!

ZENRYOKUKAIHI
FLAGCHAN!

第２巻、２０２２年３月発売予定！

あとがき

こんにちは。壱日千次と申します。

このたびは『全力回避フラグちゃん！』の小説版を手にとっていただきありがとうございます。

モブ男くんとフラグちゃんたちの賑やかで起伏に富んだ日常は、書いていてとても楽しいものでした。

動画と同様、小説版もお楽しみいただければ嬉しいです。

それでは謝辞に移ります。

原作者のｂｉｋｉ様、株式会社Ｐｌｏｔｔ様には、フラグちゃんの世界に参加させて頂いたことに厚くお礼申し上げます。

担当編集のＮ様、Ｓ様も、的確なアドバイスなど大変お世話になりました。ありがとうございました。

さとうぽて先生のイラストも素敵で、作業中にいただいたイラストに元気をいただいておりました。

それでは、またお会いできれば幸いです。

壱日千次(いちにちせんじ)

なお、以下の書籍を参考にさせていただきました。ありがとうございました。

『もしも、地球からアレがなくなったら？』文友舎
渡邉克晃　著　室木おすし　絵
『図説　死因百科』紀伊國屋書店
マイケル・ラルゴ　著　　橘明美　監訳

MF文庫J

全力回避フラグちゃん!1

2021年12月25日　初版発行
2024年8月10日　14版発行

著者　壱日千次
原作　Plott、biki
発行者　山下直久
発行　株式会社KADOKAWA
〒102-8177 東京都千代田区富士見2-13-3
0570-002-301（ナビダイヤル）

印刷　株式会社広済堂ネクスト
製本　株式会社広済堂ネクスト

Printed in Japan　ISBN 978-4-04-681099-1 C0193

●お問い合わせ
https://www.kadokawa.co.jp/（「お問い合わせ」へお進みください）
※内容によっては、お答えできない場合があります。
※サポートは日本国内のみとさせていただきます。
※Japanese text only

◇◇◇

【ファンレター、作品のご感想をお待ちしています】
〒102-0071 東京都千代田区富士見2-13-12
株式会社KADOKAWA　MF文庫J編集部気付「「壱日千次先生」係　「さとうぽて先生」係　「Plott」係　「biki先生」係

死亡
死亡
全力回避フラグちゃん!